中华先锋人物
故事汇

姚明

红旗下的"移动长城"

YAO MING
HONGQI XIA DE YIDONG CHANGCHENG

杨老黑 著

党建读物出版社　

图书在版编目（CIP）数据

姚明：红旗下的"移动长城"/杨老黑著 . —南宁：接力出版社；北京：党建读物出版社，2021.8
（中华人物故事汇 . 中华先锋人物故事汇）
ISBN 978-7-5448-7269-0

Ⅰ.①姚… Ⅱ.①杨… Ⅲ.①传记小说－中国－当代 Ⅳ.①I247.5

中国版本图书馆CIP数据核字(2021)第130999号

姚明 —— 红旗下的"移动长城"
杨老黑　著

责任编辑：杜颖达　季利清
责任校对：张琦锋
装帧设计：严　冬　许继云　　美术编辑：高春雷
出版发行：党建读物出版社　接力出版社
地　　址：北京市西城区西长安街80号东楼（邮编：100815）
　　　　　广西南宁市园湖南路9号（邮编：530022）
网　　址：http://www.djcb71.com　　http://www.jielibj.com
电　　话：010-65547970/7621
经　　销：新华书店
印　　刷：河北鹏润印刷有限公司
2021年8月第1版　　2021年8月第1次印刷
787毫米×1092毫米　32开本　　5.75印张　70千字
印数：00 001—15 000册　　定价：25.00元

本社版图书如有印装错误，我社负责调换（电话：010-65547970/7621）

目 录

写给小读者的话 …………… 1

篮球世家 ………………… 1
听话的好孩子 …………… 7
小时候不喜欢篮球 ……… 13
好马遇伯乐 ……………… 19
心中的目标 ……………… 23
巴黎训练营 ……………… 31
全运会崭露头角 ………… 33
初战 CBA ………………… 37
再战王治郅 ……………… 41
饿着肚子训练 …………… 47
披上国家队的战袍 ……… 51

苦练绝招·············57
又战王治郅···········61
智取八一队···········69
NBA 状元············79
火箭队大家庭··········85
"亲吻驴子的屁股"······91
入选全明星队·········101
"姚鲨对决"··········107
魔鬼训练············117
可怜天下父母心·······121
为祖国而战··········125
把责任扛在肩上·······133
鏖战"梦八队"········137
冲出"死亡之组"······145
最后的经典··········153
慈善之举············161
入选名人堂··········165

写给小读者的话

亲爱的小读者,你知道篮球吗?

知道,当然知道。

所有同学都这样回答。

你喜欢篮球吗?

喜欢,特别喜欢。

很多同学都这样回答。

篮球的确是一项有趣的运动,也是一项极富挑战性和充满激情的运动。篮球彰显团队精神,齐心协力、相互配合,是比赛制胜的关键。

球场如战场,球员就是战士,他们体格强健,思维敏捷……球场不仅是球员展示个人体格、力量、技巧的场地,也是展现个人风格、胸怀、智慧的舞台。

篮球是残酷的运动,对抗激烈,体能消耗大,动作幅度大,肢体接触多,球员容易受伤,每个职业球员都有长长的伤病史,美国男子篮球职业联赛(以下简称NBA)中的球员更是伤病不断。

篮球发源于美国,并发展成为世界上最受欢迎、开展最广泛的运动之一,不同的国家、不同的地域形成了不同的篮球风格,涌现出无数优秀的运动员。美国是篮球运动普及最广的国度,NBA代表了世界篮球的最高水准。

在NBA的历史上,中国籍球员屈指可数,却有一个中国人留下了浓墨重彩的一笔,这个人就是姚明。

姚明生于上海,出身篮球世家,九岁开始打球,十三岁进入上海东方大鲨鱼青年队,成为职业运动员。他意志坚定,百折不挠,凭借不懈的努力,成为NBA星空中一颗璀璨耀眼的东方之珠。

他身在异乡,不忘祖国,多次回国,披着国家队的战袍,为祖国奉献自己的力量。

他在职业运动生涯中，打过无数场球，仅NBA正赛就拼杀了四百八十六场。

每场比赛都是一场战斗，每场战斗都是意志和智慧的较量，每场战斗都充满悬念和戏剧性，每场战斗都有讲不完的故事。

亲爱的小读者，你想知道他的故事吗？现在就让我来为你讲述。

篮球世家

姚明出生于篮球世家。

姚明的父亲姚志源,一九五二年生于江苏苏州,身高2.08米,曾在工厂当焊接工,因篮球打得好,一九七〇年加入上海男子篮球队,担任主力中锋。一九七九年退役,供职于上海海事局。一九八〇年被上海市体委召回,参加在上海举行的九城运动会男篮比赛。

母亲方凤娣,一九四九年三月生于上海,身高1.88米。十四岁加入上海女子篮球队,担任主力中锋和队长。一九七四年率领中国女篮参加在德黑兰举行的第七届亚运会,夺得铜牌。一九七六年赴中国香港参加第六届亚洲女子篮球锦标赛，获得冠军。一九七九年退役后供职于上海体育科研所。

姚明的出生过程很有戏剧性。一九八〇年九月十二日，姚明的母亲早早进入上海市第六人民医院的产房，父亲姚志源在产房外等待小宝宝的降临，幸福地想象着新生儿长什么样。可眼看快到下午六点，产房里还没有动静，他坐不住了，急得额头冒汗，在门口不停地转圈子，因为他所在的球队正在参加九城运动会，当晚还有一场重要的比赛——男篮冠军争夺战，作为主力队员的他必须参加，这可怎么办呢？

姚志源正着急时，上海体委派车来了，同事催他快去球场。

他心急如焚，迟迟不肯离去，上了车又下来，在原地徘徊。

同事为了缓解他紧张的情绪，跟他开玩笑说："等你拿了冠军，儿子就出来了，一起加油吧。"

姚志源不再犹豫，果断地上了车，来到赛场，立即投入战斗，很快进入状态。

他感觉今天的球打得有点怪，满脑子想的都

是孩子，每抢到一个球就像抓住一个婴儿，每投中一个球，就有一个婴儿坐在篮筐上向他微笑。

姚志源越打越有劲儿，越打越兴奋，带球过人，跳跃投篮，如入无人之境。此时在他眼里，篮球已经不是篮球，而是一个光屁股的小男孩，他在追着男孩奔跑，球场上的一切如同幻影，自己仿佛置身梦中，直到他捧着冠军奖杯，还在愣神儿。

这时，一个同事跑过来，拍了他一下，说："你老婆生了。"

他猛然清醒过来，问："我老婆好吗？是男孩，还是女孩？"

"大胖小子，母子平安！"

他放下奖杯就跑，跳上车，很快来到医院，走到病房门口，就听到小家伙响亮的哭声，进屋后看到小家伙正满脸通红，哭得起劲儿，因为他刚刚喝了黄连水，很不高兴，好像在说："干吗给我喝这么苦的黄连水呀？"

"孩子，'落地吃了黄连苦，一生不再苦相伴'。"

这是老家的风俗，也是家人的祝福，现在看来这个说法并不准确，姚明日后吃的苦可不少。

父亲抱起襁褓中的孩子，脱口而出："哟，这么重。"

护士说："可不是嘛！十斤二两，这么重的孩子我还是头一次见。"

这个体重仿佛预示着他将长成一个大个子。姚明好似一棵小树苗，个头儿噌噌往上蹿，四岁时身高就接近1.3米，上小学时身高达到1.47米，比同龄孩子高出一大截。

姚明的身高引起了大家的注意，无论他走到哪儿，都成为人们关注的对象，尤其是他父母的同事，他们每次见到姚明都要多瞅一眼，惊喜地说："啊，几天不见，又高了一截。"

姚明父母的同事为什么这么关注他的身高呢？因为他们大多是篮球运动员，是这方面的行家，对人的身高特别敏感，他们从姚明的身高似乎看到了篮球的希望和未来。

姚明的身高是父母的骄傲，但也为家庭带来了许多烦恼。同学们坐公交车都不需要买票，姚明却得掏钱买票，因为他长得太高，看起来像个成年人。

姚明小时候买不到合适的衣服，因为他的体形又细又长，同龄人的衣服穿上短，大人的衣服穿上肥，母亲只得为他量体裁衣，将大人的旧衣服加工改造后给他穿。母亲还亲手给他织毛衣，只要有空就坐下来不停地织，织毛衣的速度竟然赶不上他长个儿的速度，有时候花了很长时间织出一件毛衣，姚明穿在身上一试，短了一截。原来，不知不觉中姚明又长高了许多。

还有鞋子也是一个难题，姚明四岁时就穿三十四码的鞋，童鞋中没有这么大的尺码，商店里很难买到合适的鞋子，他就穿妈妈的鞋子，后来妈妈的鞋子小了，就穿爸爸的鞋子，再后来爸爸的鞋子也小了……因为鞋子的事，姚明一家没少发愁。

姚明个子长得高，身体长得快，营养就要跟上。二十世纪八十年代初，中国的改革开放刚刚起步，物质还不太丰富，一些重要生活物资仍然凭票供应，买米买面要粮票，买油要油票，买布要布票，买牛奶要牛奶票，每人定量供应，普通人家的日子过得都很紧。

　　姚明家里也不富裕，父母每人每月工资四十多块钱，没有额外收入。母亲操持这个家，精打细算，勤俭节约，能自己干的就自己动手，能节省的钱就省下来，设法调剂生活。母亲凭着一双巧手，不断变换饭菜的花样，既让小姚明吃饱吃好，又营养均衡，能量充足。

　　小姚明十分懂事，他看母亲为他辛勤忙碌，从不给父母添麻烦，穿着也不讲究，吃饭也不挑食，有时母亲专门为他做了好吃的，吃着吃着，他就用小手拍拍妈妈爸爸，说：你们也吃啊！

听话的好孩子

小姚明懂事又听话。

姚明母亲是理家的好手,对姚明的教育十分开明,管教也不严厉,从不强迫姚明参加音乐、绘画之类的培训班,姚明喜欢什么,由他自己说了算。母亲鼓励他做自己感兴趣的事,即便姚明去体校打球,母亲也从来不对他说"你一定要拿第一""你一定要得冠军"之类的话。

不过,父母有一点绝对不迁就,那就是学校日常的功课,如果不按时完成作业,爸爸就要批评他。其实姚明的爸爸为人宽厚,喜欢开玩笑,更多的时候是用幽默的话语和有趣的故事给姚明讲道理,让小姚明轻松愉快地接受批评。

父母的言传身教对姚明的影响很大，姚明从母亲那里学到了勤奋节俭、一丝不苟的做事风格，从父亲那里学到了幽默风趣、和谐处事的为人之道。

姚明六岁时进入上海高安路一小读书，因为个子太高，刚开始的时候同学们都用仰视的目光打量他，对他产生几分畏惧，不敢跟他玩，这一度让姚明内心很是失落。不过，情况很快得到改善，个子高有个子高的好处，比如擦玻璃这样的活儿，别人够不着，姚明能够着，他就主动承担下来；还有搬东西这类的重活儿，姚明都抢着干，班级外出游玩乘坐巴士，他主动帮同学们搬行李，上车后主动让座，很快赢得了同学们的信任，大家都愿意跟他玩了。

姚明喜欢读书，尤其喜欢历史，母亲在儿童节送的两本书——《上下五千年》和《世界五千年》，成了他的宝贝，不知看了多少遍，书都被他翻烂了。这两本书对他影响很大，甚至有一阵子他梦想当一名考古学家。姚明还很喜欢读《文化苦旅》和《射雕英雄传》，《文化苦旅》使他对祖国的传统文化有了更深刻的认识,《射雕英雄传》则让他悟出"战无定法"的哲理,这些哲理对他以后决战赛场有很大帮助,侠客精神和谋略智慧总能让他化险为夷。

姚明小时候还有一个爱好,就是收集各类票证,如粮票、油票、布票、肉票、牛奶票等。这些票证是那个年代的特殊印记,随着改革开放的不断深入,国家越来越富裕,这些票证都取消了,姚明也就停止了收藏。

如许多同时代的孩子一样,姚明儿时的偶像是雷锋、邱少云。上小学时,学校经常组织看电影,《地道战》《地雷战》《小兵张嘎》他不知看了多少遍,甚至连电影里的台词都能背下来。

对姚明触动最大的一部电影是《英雄儿女》,这部电影讲述的是中国人民志愿军抗美援朝的故事:志愿军某连坚守某高地,激烈的战斗正在进行,刚刚伤愈出院的王成主动要求加入战斗。阵地上炮火连天,敌人疯狂扑来,战友们打退敌人一轮轮进攻,最后全部壮烈牺牲,只剩下王成一个人。这时敌人又扑了上来,为了守住阵地,王成用报话机呼叫炮兵，大叫道："为了胜利，向我开炮！"最后他手持爆破筒冲入敌阵，壮烈牺牲。

这部电影给姚明幼小的心灵带来了巨大震撼，王成壮烈牺牲的场面令他难忘，从此"英雄"这两个神圣的字眼深深镌刻在他的脑海里。

小时候的姚明，也会犯错误。小学四年级时，姚明迷上了电子游戏，但是手里没有钱，就偷拿妈妈的钱，开始每次只拿一块钱，后来拿一块五毛钱，再后来拿两块钱，慢慢地越拿越多，最后一次拿了一百块钱。这事被妈妈发现了，姚明很害怕，以为爸爸要狠狠揍他一顿，没想到爸爸妈妈处理的方式很委婉：首先指出他的错误，严肃批评教育，随后每月给他零花钱，准许他每周玩两次电子游戏。这样的结果令他意外，也让他深刻反省并认识到自己的错误，从此他再没有偷拿过钱。这件事让他永远记住了妈妈的一句话："为人千万不要做坏事！"

父母疼爱，家庭和睦，环境宽松，姚明是幸福的。不过，姚明的童年也遭遇过很大的坎坷。七岁时，他生了一场病，肾出了一点儿小问题，却又遇到了一名庸医，诊断失误，用错了药，不但肾病加重，而且药物的副作用导致左耳失聪。

开始时姚明并没意识到自己的左耳有问题，直到有一天接妈妈的电话时，才发现自己的左耳听不见。父母得知情况，十分着急，立即将他送到医院就诊。医生检查了姚明的左耳，说是耳管堵住了，问题不大，等大一点儿就可以清除。从这以后父母就定期带姚明去医院治疗，医生向他的耳朵里充压缩空气，希望可以打通耳管，但去了多家医院，看了多名医生，经过多次治疗，用了许多方法，情况也没有改善。

耳朵是人体的重要感觉器官，听力的重要性不言而喻，左耳失去听力对小姚明来说是一个不小的挫折，不仅给他的生活学习带来不便，更严重的是带给他的心理上的影响。为此，他曾苦恼自卑，老怕别人知道他的缺陷，后来他努力克服了这个心理阴影，不断适应环境，巧妙地使用右耳。比如他与别人谈话时，总是请客人坐在他的右侧，与教练或队友交流时，他会很自然地转过头去，用右耳来听。好在他的右耳十分敏锐，左耳失聪的问题并没有成为他人生的障碍。

小时候不喜欢篮球

姚明四岁时得到一个篮球,那是一个玩具篮球,小姚明只玩了几下就扔到一边,那时他对篮球没有兴趣,更喜欢其他玩具。

姚明喜欢读书,他在书中幻想着自己的未来,想当考古学家、建筑师,甚至想成为一名警察,却从来没想过要当一名篮球运动员。

不仅姚明没想过,他的父母也不想让儿子走这条路,因为两人都是篮球运动员出身,对这一行最为了解。职业运动员淘汰率很高,成功者很少,即便取得优异成绩,年龄大了也总要退役。退役后一切从零开始,如果缺少知识和专业技能,无法与同龄人竞争,很难过上好的生活。至于那些中途被淘汰者,更是前途渺茫。还有,运动员训练很苦,而且容易受伤。姚明的父母希望儿子好好念书,将来上大学,找一个合适的工作,安安稳稳过普通人的生活。

但是,姚明的人生轨迹并没有按照父母的设想运行。姚明的个头儿越长越高,八岁时身高已经达到1.7米,他大大的脑袋,长胳膊长腿,胖乎乎的,一张娃娃脸,十足的一个"小巨人",走到哪儿都是一道奇妙的风景,让人忍不住多瞅几眼,禁不住赞叹:"几岁娃娃这样高的个头儿,将来了不得!"

其实姚明早被两个人盯上了。这两个人不是别人,正是方凤娣的两个前队友,一个叫徐为丽,时任上海市徐汇区少年体校党支部书记,一个叫陆斌,时任上海市卢湾区少年体校教练。这两个人凭着丰富的专业经验,判定姚明将来的身高不会低于2.1米,理由是姚明父亲身高2.08米,母亲身高1.88米,从遗传学来说,父母的基因遗传给姚明,姚明注定是个大个子,而且由于生活水平越来越高,孩子的平均身高普遍超过父母，姚明身高肯定会超过他父亲。

这样的身高能干什么呢？正是打篮球的好苗子啊！

有一天，徐为丽、陆斌敲开了姚明的家门。老队友一进门，方凤娣就明白了两人的来意，态度坚决地说："老姐妹，咱打球吃的苦还少吗？我不想让孩子再受这份罪了，让他好好读书，将来上大学。"

徐为丽、陆斌两人说："这孩子明显是这块料，你不让他打篮球，很可能就浪费了一个天才。"

无论两人怎么说，方凤娣就是不答应，她怕打篮球影响姚明的功课。

后来，方凤娣的态度有所转变。姚明虽然长得又高又胖，但体质很弱，容易生病，同时因个头儿过高，同学们都不愿和他玩，不免产生自卑心理，性格有些孤僻。妈妈觉得，打篮球能锻炼身体，增强体质，强大内心，于是同意了让他打球，但有个前提，就是以学文化课为主，空闲时间才能打球。

父母同意让姚明打球了，姚明也很听话，就按照父母说的办，白天正常上学，放了学骑自行车到徐汇区少年体校练球。

姚明在徐汇区少年体校训练了两年，每周练六天，训练内容就是跑步、运球、传球、投篮。每天都是老一套，没有新鲜内容。教练要求又很严厉，每天必须完成规定的任务，一天训练下来，浑身的劲儿都用完了。回家还要写作业，第二天上课头昏脑涨，没有精神，也影响了功课。这样一来，姚明对篮球就更提不起兴趣了。

小时候不喜欢篮球

好马遇伯乐

姚明在徐汇区少年体校训练了两年,仍然对篮球不感兴趣。那他后来又是怎么成为篮球巨星的呢?

有两个原因。

一是社会环境发生了变化,点燃了姚明对运动的激情。此时已经到了一九九〇年,改革开放已经进行了十二个年头,作为大都市的上海更是飞速发展,各种新鲜事物被引进国内,体育行业也不例外。

这一年姚明意外地得到了一张球票,观看哈莱姆亲善篮球队的表演赛。这场篮球赛与他以前看到过的篮球打法完全不一样,篮球在球员手里如同玩具，他们快速奔跑传球，飞身跃起空中扣篮，想怎么打就怎么打，而且变换出许多花样。这场球赛让姚明大开眼界，他从此知道美国的篮球是这样的，篮球还可以这样打，打得这么有趣。

一九九〇年还有一件大事令姚明难忘，那就是第十一届亚运会在北京召开。在这届亚运会上，中国运动员共夺得一百八十三枚金牌。这届运动会是中国首次承办的规模宏大的国际综合运动会，它的成功举办不仅彰显了国力，也改变了国民对体育的认识，掀起了全民参与体育的热潮。作为一个小观众，姚明坐在电视机前观看比赛，每当中国国歌响起、中国国旗升起，他就心潮澎湃，兴奋不已，自此暗下决心，将来自己也要为祖国拿奖牌，争荣誉。

二是姚明遇到了一群好伯乐，坚定了练球的信念。在全国体育热潮的背景下，上海市政府对体育事业高度重视，向上海体委发出指示，要求各项体育运动要在全国创先争优，取得好成绩。

篮球是主要的运动项目之一，目标要求也更高。上海篮球界都攒足了劲儿，发誓要把篮球搞上去，不辜负上海国际大都市的名声。

赛场如战场，要想在战场上取胜，就得有好马；要想在赛场取胜，就得靠人才。

到哪儿找人才呢？

于是，姚明又被他的伯乐徐为丽盯上了。徐为丽多次向国家体委和上海体委推荐姚明。上海体委高度重视，专门指派科研所对姚明进行测试，看看这小子是不是一匹千里马。

测试的方法是采集姚明的血样、尿样，通过化验检查有无内分泌、脑垂体等方面的潜在疾病，给姚明的骨骼拍X光片，通过骨骼发育状况推断他将来能长多高。

测试的结果是姚明的身体完全正常，没有任何潜在疾病，他的身高到成年最低2.13米，最高可达2.3米。

这是一个惊人的结论！

如果姚明长到2.3米以上，他将成为中国篮球有史以来最高的运动员。

这么高的运动员在篮球场上具有极大的优势，他的未来不可限量。

这个测试结果引起上海篮球界的轰动，经过研究，上海体委决定成立一个研究小组来调教这匹"小马驹"。虽然姚明潜力无限，但是他本身还存在许多不足，比如骨骼密度指数偏低、上肢细弱、肩膀窄、臂展短、左耳失去听力等。

研究小组通过对姚明的身体状况进行全面分析，制定了一个科学的培养训练方案，这个方案被称为"姚明项目"。

"姚明项目"的负责人是上海体委的副研究员卫国平，他针对姚明身体存在的不足开出了一系列药方，如改善饮食结构，少吃热量高的食物，多喝牛奶、蜂花粉，多吃牛羊肉，平时保持足够的睡眠，增加身体平衡训练等。这些方法不仅可以保证姚明的个头儿继续长高，还能使其身材均衡，四肢协调。

在"姚明项目"实施期间，姚明离开少年体校，正式成为上海东方大鲨鱼青年队的一员，他的职业生涯从此开始。

这一年姚明十三岁。

心中的目标

榜样的力量是无穷的。姚明最崇拜的篮球运动员,国外的是阿维达斯·萨博尼斯、哈基姆·奥拉朱旺、查尔斯·巴克利,国内的就是王治郅。

王治郅同样出生在篮球世家,父亲王维君原是北京男子篮球队的主力队员,母亲任焕贞原是国家女子篮球队队员,与方凤娣是队友。虽然都是国家女篮队员,但在孩子的教育培养方面,方凤娣与任焕贞的观点完全不同。方凤娣希望姚明上大学,将来最好不吃篮球这碗饭,而任焕贞铁了心要将儿子培养成一名优秀的篮球运动员。所以,从王治郅能拿动篮球时,父母就开始训练他,父亲手把手地教,从基本功开始到篮球的各项技术，一步一个台阶，包括自己的绝招都一一传授给了王治郅。

王治郅十四岁时，名声已经传遍北京城，并被八一青年篮球队选中，成了一名解放军战士，两年后进入八一篮球队，并代表国家队出征一九九六年亚特兰大奥运会。在这届奥运会上，王治郅表现出色，和队友们闯过一道道难关，最后取得了第八名的成绩。

王治郅在球场拼杀的时候，有一个孩子目不转睛地盯住电视荧屏，一场不落地看完了王治郅的所有比赛，为王治郅叫好，被王治郅感动。与此同时，这个孩子找到了自己的奋斗目标——我要成为王治郅，超过王治郅。

这个孩子就是姚明。

姚明在自传里说："我是这样看的，如果没有王治郅的话，我的事业不会有今天这样的发展，因为从我开始打球的那一天起，目标就是成为像他一样优秀的球员……人如果有目标的话，他就会想办法尽快达到目标；如果没有目标，他就会松懈下来……我总是在追赶他，而且我知道要想赶上他，就得加快脚步。"

目标就是动力，确定了自己的奋斗目标，姚明心头像点燃了一盏明灯，思路更加清晰，志向更加坚定，不仅在训练上变得更自觉、更主动、更刻苦，而且更爱动脑子。他不断地在自己身上找缺点，这些缺点就是面前的拦路虎，只有赶走这些拦路虎，才能取得进步。

自己身上都有哪些缺点呢？姚明在球场上是中锋，中锋就要冲入内线①，夺得有利位置，趁机抢球，投篮得分。可是他发现自己有些胆怯，拿到球后不敢往内线冲，也不敢去三秒区②，老是站在外线③，采用后仰的动作跳起来投篮。这样一来，队友们就很难找到投空篮的机会，最终就会影响整支球队的战绩。

如何解决这个问题呢？他想到了自己的父母，于是向父母求教。母亲很会启发他，在一次观看上海男篮与北京男篮的球赛时，母亲指着北京队

---

① 指三秒区周围，离篮筐比较近的地方。
② 篮球场上划出的一片区域，在篮球架前方，面积为4.88米×5.8米，呈梯形，在这个区域内进攻方球员滞留的时间不得超过3秒。
③ 指三分线一带，离篮筐比较远的地方。

的一位队员，让他仔细观察。这名队员叫单涛，他拿到球后迅速冲向三秒区，很快逼近篮筐一侧靠近底线的地方，此时对方球员巴特尔扑上来拦住了他的去路，只见他猛一转身，举起篮球，同时伸出肘部。肘部是人体最坚硬的部位，发出攻击时宛若一记重锤，能将人砸晕。对方见状，赶紧避开，单涛趁此机会，飞身跃起，勾手投篮[①]，球进得分。

母亲拉着姚明的手，问："看到了吗？你就是太软了。"

母亲说的"软"有两层意思，一是身体素质还不过硬，二就是胆子小，不敢拼不敢打。

姚明从此开始练习胆量，逼着自己，一步步向三秒区挺进。

但是，对手不会给你太多时间，他们会想尽办法，扰乱你的视线，打乱你的节奏，阻挡你前进的步伐，破坏你与队友间的配合，趁乱抢走你手中的篮球。

---

① 单手从身后或侧身后把球抛出投篮。

这时该怎么办呢？父亲教了他一招："当你拿球时，如果对手盯得太紧，没有机会投篮，就要立即将球传给队友，同时快速移动，找到更有利的位置，而这时球又到了你的手里，你再投篮，不仅有足够的空间，而且有足够的时间。为什么会这样呢？因为球传出去以后，防守球员会盯着球看一会儿，这是下意识的，时间大约两秒，而这两秒钟的价值实在无法估量，比黄金还要珍贵。"

姚明深刻领悟"两秒"原理，吃透了它的丰富内涵，从此牢记在心，并把它运用到实战当中，每次都能起到神奇的效果。

姚明不仅向父母学习技巧，还向教练、队友讨教。不论是谁，只要有一技之长，他都虚心请教，牢记在心，然后仔细琢磨其中的道理，不停地在实战中尝试、应用、提高，最后就成了自己的本事。

姚明的父亲有一个朋友叫王重光，是一个很好的篮球教练，他教给姚明两招："一是当你防守的时候，你要预先判断对手如何进攻，如何做出判断呢？你就观察对手拿球时是如何防守的，他防守的要害之处正是你进攻的方向。二是无论防守还是进攻都可以做假动作，而且无论何时何地，都要虚张声势，做出假象，给对手造成错觉，让对手老是担心你做假动作。"

这几句话看似普通，却包含深刻的哲理，它的精髓就是辩证法，也就是换一个角度去观察事物发展运动的规律，掌握了这个基本规律，在球场上就可以很容易发现对方的长处和缺点，然后有针对性地展开攻击，令对手防不胜防，不知怎么办才好。

姚明有个队友叫范斌，范斌教姚明如何对付比自己强大的对手。范斌说："第一次面对强大的对手时，他会把你教训得很惨；第二次，他也会教训你，但是他可能要花更多的功夫；第三次，说不定你可以给他点教训。但是你一定要去做，每次都尽力跟他对抗，这样情况就会一次次变好。"

在上海体委的高度关怀和一群伯乐的悉心调教下，姚明的个头儿继续长高，达到2.23米，并且克服了身体上的许多缺陷,综合素质明显增强,对篮球的理解逐渐加深,战术技巧有所提升,这匹"小马驹"已经显露出千里马的姿容,引来更多关注的目光。

巴黎训练营

一九九七年，姚明参加巴黎训练营，这是姚明第一次走出国门。

巴黎训练营里共有八十五名球员，这次训练只有短短的六天时间，时间虽短，却使姚明接触到了各种肤色、各种背景、各种性格、各种追求的球员。

令姚明印象最为深刻的一名球员叫蒂姆·哈达威，这也是姚明见到的第一个美国球员。这名球员只看外表没有什么特别，可是只要他一进球场马上就像变了一个人，他不停地跑动，步伐飞快，极其灵活，整个人就像一股旋风，有使不完的劲儿。

姚明发现,外国球队教练的理念,与中国的有很大不同。中国教练特别强调团队精神,队员必须相互配合,反对突出个人。而美国教练正好相反,鼓励球员发挥自己的特长,而球员在场上可以尽情表现,展示才华,想怎么打就怎么打。

姚明还发现国外有许多优秀的运动员,而且水平都很高,自己与他们相比还有很大差距,只能算中等水平。

短短的六天时间,令姚明大开眼界,让他认识到篮球世界很大,而且丰富多彩,在这个世界上有许多人为梦想而奋斗。

巴黎训练营结束不久,姚明从青年队进入上海东方大鲨鱼队,这一年姚明十六岁。

就在这时,一个千载难逢的机会出现了。

全运会崭露头角

一九九七年十月十二日至二十四日,第八届全国运动会(以下简称"全运会")在上海举行,这届全运会是二十世纪末我国规模最大的一次全国综合性运动会。来自全国各省、自治区、直辖市、香港特别行政区和解放军以及十三个行业体协,共四十六个代表团的七千六百四十七名运动员,参加了二十八个大项三百一十九个小项的比赛。

篮球是全运会的重要项目,上海是东道主,势必奋力争先,夺取好成绩,展示风采。

这届全运会的篮球赛共有十二支代表队参加,第一场上海队对战山东队。

山东队实力强劲，开场不到五分钟，2比19，上海队落后了17分。

教练李秋平放出了姚明这匹"小马驹"。这是姚明第一次参加成人赛。

山东队队员一看，一个又高又瘦的大男孩上来了，根本没把他放在眼里。因为按照以往的经验，个子越高越笨拙，反应迟缓，行动速度慢，很好对付。没想到这小子身体十分灵活，不仅跑得快，而且反应快，防守意识极强，他往篮球架下一站，把山东队的球全都打飞了。

这场球姚明没有得分，因为此时他还没有进攻的能力，一是技术上还有欠缺，二是身体根本无法与山东队队员对抗，但是他仅凭防守就把山东队逼到了绝境，最后上海队获胜。

这一战姚明名声大震，各支球队都把姚明作为防守的重点对象，研究如何对付这匹黑马。

第二场上海队对战八一队，头天晚上姚明兴奋得一夜没睡。王治郅是他心中追随的目标，能与王治郅同场竞技，是他一直的梦想。

八一男子篮球队是隶属于解放军的一支队

伍，自组建以来就享有盛誉，从一九九五年参加中国男子篮球职业联赛（以下简称CBA）以来，到二〇〇一年，八一队所向披靡，连续六次夺得总冠军，被称为中国篮坛"巨无霸"，这一时期也被称为"八一王朝"。八一男篮犹如一面旗帜，处处彰显军人的作风、品格和气质。

八一男篮历史上涌现出很多优秀球员，在这支球队最辉煌的时期，刘玉栋、王治郅、范斌、张劲松、李楠最为出名，号称"五虎上将"。

八一队主教练王非，一九六三年出生，有"少帅"之称，他于一九九四年接手八一队时，年仅三十一岁。他性格沉稳，思维敏捷，在战略上强调团结合作，战术上要求准确、快速、灵活、专长，在训练上主张手段创新。他带领八一队开创了"八一王朝"盛世，由于教导有方，多次获得"最佳教练"称号。

此次王非带领八一队出征，赛前他已经注意到了姚明，特别提醒队员："别让这小子钻了空子！"

队员们闻听此言，哈哈大笑，因为此时国内

还没有人能撼动八一队。

至于王治郅就更不用说了，他被称为"亚洲第一中锋"，一般没有人敢与他争锋。

结果第一战，姚明不仅撼动了八一队的大门，整场比赛轻轻松松得了13分，还给了八一队好几个盖帽，其中2个是给王治郅的。

这场球八一队虽然赢了，但多少有些郁闷，因为队员们的平均年龄比姚明大好几岁，让一个小孩子盖了帽，脸上很没面子。

八一队第一次在国内遇到了强有力的对手，感觉到潜在的威胁。

尽管这一战上海队输了，在全运会上也只取得第七名的成绩，但业内人士已经看出姚明的巨大潜力，预言姚明将来成就要超过王治郅。

初战CBA

全运会上姚明一战成名，紧接着CBA的1997—1998赛季开始了。

CBA是由中国篮球协会主办的跨年度主客场制男子篮球联赛，也是中国最高等级的篮球联赛。CBA自一九九五年设立，联赛从每年的十月或十一月开始至次年的四月左右结束，最初只有十二支球队参加，到二〇〇八年增加到十八支。二〇〇五年正式更名为中国男子篮球职业联赛，联赛的规模较大，不仅管理越来越科学，运作也越来越规范，是亚洲地区水平最高的篮球联赛。

CBA赛场犹如战场，是锻炼人才的最佳场所，因此教练李秋平决定将姚明这匹"小马驹"

放到CBA赛场上。

这一年,姚明十七岁,身高2.26米,体重100公斤,两条大长腿,双臂细长,腰背单薄,整个人又高又瘦,往球场上一站,像一根光秃秃的木棍,看他那样子,好像大风就能刮倒,更不用说进行激烈的对抗了。

实际情况正是如此,姚明的职业生涯就是从跌倒中开始的。

1997—1998赛季第一战,上海东方大鲨鱼队对阵浙江万马队。

万马队有一个强悍的中锋,名叫余乐平,年纪三十岁,正当盛年,身高2.16米,行动不太敏捷,移动速度不快,但他腰粗背阔,力大如牛,四肢张开,横扫一片,绰号"老黄牛"。

姚明也是中锋,中锋的站位在内线,在篮板下方,这里距离篮筐较近,投篮的命中率高,最重要的是可以抢夺篮板球,也可以阻止对手的球进入篮筐,将对手投向篮筐的球打飞,术语称为盖帽、封盖,俗称"扇帽"。

真正的盖帽高手不仅仅是将对手的球打飞,

而是在封盖的同时将球传给队友，队友得到球后，由守转攻，快速反击，令对手措手不及，防不胜防——这一招又称"活球"，意思是眼瞅着对手的球要进篮，"死"定了，结果形势反转，球又到了自己手里，"活"过来了。

姚明由于身高占优势，他的主要任务就是抢篮板球。

没想到"老黄牛"早已站在篮下，傲视赛场，不准任何人踏入篮下一步。

姚明向篮下冲去，"老黄牛"轻松舒展四肢，好似伸个懒腰，就把姚明推出三米开外，摔了个大跟头。

姚明爬起来，再次冲向篮下，"老黄牛"轻轻一转身，没费多少力气，姚明又趴下了。

姚明摔倒了，爬起来，又摔倒，又爬起来……

姚明摔得头晕目眩，在他眼里，"老黄牛"已经变成了"牛魔王"，正晃动着两只巨大的犄角，以泰山压顶之势向自己扑来……

据统计，这场比赛姚明总共摔了十五个跟头。

再战王治郅

姚明在对阵浙江万马队时,遭遇"老黄牛",栽了十五个跟头,身上摔得青一块紫一块,瘀痕的颜色还没褪去,第二场恶战又到来了。

这一回他又遇到了王治郅。

赛前有人问姚明:"这次你与大郅交手,有何感想?"

姚明乐呵呵地说:"下棋找高手,这是个锻炼的好机会,我要使劲打,只有这样才能提高自己。"

记者采访大郅,问他:"你对姚明怎么看?"

大郅说:"我要收拾他,让姚明一分也得不了!"

王治郅此言一出，人们议论纷纷：

"你大郅是哥哥，姚明是小弟弟，哪有大哥这样对待弟弟的！"

"你大郅是大明星，姚明还是个小孩子，一个大明星与小孩子赌什么气啊！"

"大郅说这话有些过了，万一姚明投中一个球，看你怎么收场！"

社会舆论给王治郅带来了无形的压力。

姚明正相反，他想起好友范斌以前教他的"如何对待强大的对手"，这正是一次向高手学习的机会，姚明不但没有丝毫压力，反而十分开心，企盼着尽快见到大郅。

大战开始了，大郅死死盯着姚明，姚明往东，大郅往东，姚明向西，大郅向西，大郅的身体紧紧贴着姚明，最大限度地压缩姚明的活动空间，不给姚明任何拿球的机会，目的就是不让姚明投篮得分。

大郅技术全面，行动敏捷，平时一人能对付三个人，今天对付一个姚明，根本就是小菜一碟。

再战王治郅

姚明不得不佩服大郅，大郅就像一只大蝴蝶，展开美丽的翅膀，翩翩起舞，弄得姚明眼花缭乱，无所适从，又如一团蜘蛛网，将姚明团团罩住，姚明使出浑身解数，也没逃出大郅的手心。

可是，八一队却乱了阵脚，因为王治郅是球队的核心，球队的发动机和方向盘，整支球队的战术都是围绕他设计的，由他带动球队运转，把握球队的方向，控制球队的节奏。

眼下，王治郅的方向跑偏了，整支球队就乱套了，大伙儿手忙脚乱，不知怎么打才好了。

东方大鲨鱼队趁机钻了空子，他们一拥而上，连连进球。

八一队的教练王非一看势头不对，立即叫了暂停，提醒王治郅："你要明白自己的角色，你要带动全队，不是你与姚明单打，干吗老盯他一个人？"

王治郅对王非的话置之不理，他一心只想着实现自己的诺言——就是让姚明一分不得。

大郅的目的达到了，姚明在场上被大郅盯得死死的，上场十三分钟，根本没有摸球的机会，确实一分没得。

不过，姚明的队友却频频进球，越打越好。

王非很无奈，再次叫了暂停，将王治郅替换下场。

王治郅下场后，刘玉栋、李楠、张劲松等人奋力拼杀，可惜时机已经错过，大势已去，难以挽回。

最终，八一队以一分之差，输了这场比赛。"八一王朝"不败的神话由此被打破。

王治郅被替换下场时，姚明上场。在没有王治郅干扰的情况下，姚明得了16分、13个篮板。

赛后，有记者问姚明的感受。姚明笑而不答。

饿着肚子训练

姚明仿佛一颗新星冉冉升起，越来越引人注目。

一九九八年，姚明和好友刘炜参加了位于美国印第安纳波利斯的训练营。随后，两人去往达拉斯，加入了美国业余体育联合会的一支球队，当时这支球队正在参加锦标赛，在美国各地巡回比赛，可以随意在任何地方挑选球员，姚明、刘炜有幸被选中。

姚明、刘炜在这支球队里待了两个月，其间到处打球，去了奥兰多、圣迭戈等好几个地方，结识了许多朋友。

在美国球队打球与在中国有很大的不同，那

就是每个球员都抢着表现自己，没有人把球传给你，这就是美国风格，然而，你要想提高自己的技术，必须多投篮。

怎么办呢？

姚明一方面发挥自己身高的优势，多抢篮板球，抓到球后毫不犹豫地起跳投篮，或者直接扣篮。还有一个办法就是与好朋友配合，相互支持，自己抢到球后传给好友，好友拿到球后，也会给自己创造投篮的机会。

泰约·约翰逊与姚明很谈得来，他很欣赏姚明，认为姚明将来会成为一名好球员，他有意帮助这个中国小伙子，只要拿到球，就传给姚明。

在一场比赛中，泰约·约翰逊担任前锋，他总共有10次助攻，其中8次给了姚明。

通过这次并肩战斗，姚明与泰约·约翰逊加深了友谊，成了最好的朋友。

在圣迭戈，姚明遇到了泰森·钱德勒，泰森·钱德勒可谓少年得志，十五岁的时候就有人预言他将来肯定能进入NBA。这个在加州农场里长大的小伙子身高2.16米，跑动起来速度极快，手臂长度超出常人，他投篮时动作优美流畅，尤其善于封盖和抢篮板球。在一场比赛中，他将姚明视为主要对手，频频向姚明发动攻击，又是跳投，又是扣篮，可是他多次投篮都被姚明截住，结果这场球姚明所在的球队获胜了。泰森·钱德勒感叹地说："这人真了不得！"

正是这场比赛令姚明信心大增，他不再怀疑自己的能力，心底萌生一个想法：看来NBA并不是高不可攀。

在两个月的美国之行里，姚明和刘炜遇到一件难事。出国时姚明只带了200美元，刘炜带了150美元，前两周有上海来的教练为他们付钱，训练营结束后，上海教练回国了，两人只能靠口袋里仅有的350美元生活。

为了省钱，姚明和刘炜除了吃旅馆里供应的免费早餐，中午和晚上只吃99美分一个的双层干酪汉堡包。姚明每天吃两个，刘炜每天只吃一个。刘炜宁愿自己少吃，也要让姚明多吃，这样才能保证姚明的训练。

姚明这么大的个头儿，两个汉堡包哪能填饱

肚子？他每天都饿得肚子咕咕叫，但是他咬紧牙关，坚持训练，一时一刻也不愿浪费，因为出国训练的机会太难得了。

训练起来体能消耗大，又吃不饱肚子，后来姚明瘦得浑身没有多少肉，差不多皮包骨头了。

饭都吃不上，就更别谈其他的了，两个月里姚明没有理发，头发很长，以至于他回国时，许多记者等在机场出口，见到姚明大声惊呼："这是姚明吗？怎么像个野人？"

这次美国之行，姚明接触到了NBA，感受到了NBA巨大的影响力和魅力，也加深了对NBA的认识。

我是否可以进入NBA呢？姚明开始思考这个问题。

披上国家队的战袍

一九九八年,姚明进入中国国家男子篮球队。这一年姚明十八岁。

国家队代表着中国篮球的最高水平,这里汇聚了全国篮球界最优秀的运动员,像王治郅、巴特尔等人都打过奥运会,个个身经百战,经验丰富。

姚明与这些大哥哥相比,无论身体条件还是技术方面都不能同日而语。

姚明与他们同吃同住同训练,虚心向这些大哥哥学习,他的综合素质和个人能力逐渐提高,到二〇〇〇年已经成为中国男篮的首发中锋。

姚明终于迎来了他的首届奥运会。二〇〇〇

年九月,姚明出现在悉尼,他的到来给悉尼增添了一道风景,美国《体育画报》这样评价姚明——他青春年少,体形高大,与他的队友筑起一道高墙,就像中国的长城一样伟岸。

奥运会的男篮比赛共有十二支球队参加,分成两个小组,小组前四名进入八强,比赛采取交叉淘汰制。中国队与美国、立陶宛、意大利、法国、新西兰分在同一小组。

九月十七日,中国队第一战就遇上了美国队。

在悉尼奥运会之前,美国队已经参加过十四届奥运会,十二次夺得冠军,是世界篮坛当之无愧的霸主。一九八九年国际篮联(FIBA)修改规则,允许职业球员参加国际篮球赛事,美国篮协便开始组建以NBA职业选手为成员的国家队。一九九二年奥运会,在巴塞罗那的赛场上,美国队赢得美名——梦之队。此次来到悉尼赛场的是"梦四队",队员包括"狼王"凯文·加内特、"发动机"贾森·基德、"扣篮王"文斯·卡特、"君子剑"雷·阿伦、"手套"加里·佩顿、"便士"安芬尼·哈达威、"大佐"阿朗佐·莫宁等,个个都是明星大腕儿。"梦四队"的主帅是NBA休斯敦火箭队主教练鲁迪·汤姆贾诺维奇，此人是NBA历史上的著名教练，曾率领火箭队两次夺得NBA总冠军。

"梦四队"根本没有把中国队放在眼里，本想轻松拿下中国队，没想到姚明给他们制造了麻烦。

其实，姚明在这届奥运会上还不是主力，内线的主力是王治郅和巴特尔，姚明的主要任务是协助他们加强防守，争抢篮板球。

哨声响起，双方开打。

"梦四队"发起强大攻势，莫宁首先发威，投中一球。中国队也不示弱，老将张劲松迅速回敬"梦四队"一个三分球。

赛场气氛瞬间升温，战况激烈。

"梦四队"小前锋卡特拿到球，跳起扣篮，被姚明一掌打飞。

"手套"加里·佩顿抢到球，飞身跃起投篮，眼看球就要入网，又被姚明盖了个大帽。

哗哗哗……

哗哗哗……

观众席一片欢腾，叫好之声不绝于耳。

"梦四队"主帅鲁迪·汤姆贾诺维奇噌地一下从椅子上站了起来，冲着赛场高声大叫："小巨人——姚！姚！姚！"

"小巨人"是姚明的绰号。

加内特、卡特、佩顿等人反应过来，迅速改变战术，三对一，对姚明进行前夹后包，强行将姚明挤出内线。

姚明因势利导，在外线左突右闯，瞅准时机，把球带到前场，发起一次又一次强攻。

上半场，中国队一度领先"梦四队"7分。

下半场开战不久，姚明因为五次犯规被罚下场，场上的形势也发生逆转，中国男篮与"梦四队"的比分被逐渐拉大，最终以72比119败给了美国队。

中国队虽然输了，不过因为面对的是如此强大的队伍，能得72分，已经很了不起了。这也是中国队与美国队比赛历史上取得的最好成绩。

第二战，中国队对阵新西兰队，以75比60

的比分轻松取胜。

第三战，中国队对阵法国队。这场球对中国队来说十分关键，因为只有赢了法国队，中国队才有出线的机会。

相比于法国队，中国有王治郅、巴特尔、姚明三大中锋，内线优势明显。

中国队开局顺利，王治郅、姚明发挥出色，有效地控制住了内线，不断地夺得篮板球，将球传给后卫胡卫东。

胡卫东远投技术一流，他拿到球后，瞄准篮筐"发炮"，连连得分，上半场，中国队36比31领先5分。

下半场，中国队越打越顺，领先优势继续扩大，距离比赛终场只有八分钟的时候，一度领先13分。

再坚持八分钟，如果中国队能保持领先优势，这场球就赢了。

万万没有想到，就在这时，怪事出现了。

法国队后卫里加多突然爆发，疯狂地投起三分球，一个接着一个，投一个中一个，一连投了六个。

中国队球员一时间全都蒙了,还没有弄明白怎么回事,终场的哨声就响起了。

中国队以70比82输给了法国队。

中国队没有进入前八强,最终以第十名的成绩打道回府。

提起这场球,姚明的心里就不好受,里加多的三分球仿佛一只可恶的小虫子钻进了他的骨髓,令他终生难忘。

苦练绝招

篮球是一项复杂的运动,具有移动、传接球、运球、持球突破、投篮、个人防守、抢球、断球等多种技术,每一种技术都有特殊技巧,都有人玩出新的花样,达到很高的境界。

那么,练哪一招好呢?

姚明又回想起了悉尼赛场上法国队队员里加多狂投三分球的那一幕,里加多的三分球在决胜关键时刻发挥了决定性作用,如果自己也能像里加多那样神投三分球,说不定比赛就是另一个结果。

姚明决心练好三分球。可如何才能练好三分球呢?

一是手感。手感就是篮球出手瞬间的微妙感

觉，能中不能中，一出手就知道。手感是长期训练的结果，常言说的"拳不离手，曲不离口"就是这个意思。

二是力量适当。三分球投篮位置距离篮筐较远，必须有一定的力量，但也不能用蛮力，要把握分寸，力量适度，不仅两个胳膊要有力，两条腿也要用力。

三是投篮姿势，这因人而异，因为身体条件不同，每个人投篮的姿势也不同。

四是科学训练，研究投篮的弧度。三分球在投出的时候有一定的弧度，一般来说，弧度越大，越容易空心入筐，但也不是绝对的，要根据现场情况而定。NBA历史上投三分球最厉害的球员是雷·阿伦，有人研究过他的出手弧度，基本保持一致，命中率也最高。

五是把握投篮时机。球场上形势瞬息万变，技术应用也因时而异，变化多端。

姚明的基本功扎实，他刻苦训练，每天的训练时间不少于三个小时，以保持良好的手感。他善于动脑子，善于积累经验，固化已有成果，改掉自己的毛病，使自己的三分球投篮技术日臻完善。

三分球技术的一个关键点是投篮弧度，姚明身高2.26米，不仅超出常人，也超出许多篮球运动员。如何找到合适的投篮弧度是一个科学课题。教练李秋平通过科学计算和大量的实践，帮助姚明找到适合他的最佳弧度，为此专门搭建了简易训练装置，在球场两边各竖一根木杆，木杆上扯一根绳子，绳子上拴一个醒目的标签，绳子的高度就是准确的弧度，姚明出手的篮球越过绳子就能投中。

姚明把自己关在篮球馆里，苦练了三个月，每天投几百个三分球。

铁杵磨成针，功到自然成。姚明的功夫没有白费，他的三分球命中率很高，已接近"神投手"的水平。

绝招之奇在于秘不示人，不向外人展示，不为外人所知，不到关键时刻不轻易使用，从而达到意想不到、防不胜防的效果。

姚明练成三分球的绝招，只有教练和队友知道，别人都不知道。

又战王治郅

悉尼奥运会结束后不久,CBA2000—2001赛季开始,国内的篮球运动又迎来一个新高潮。

各支参赛队伍厉兵秣马,整装待发,各路英雄豪杰摩拳擦掌,积极备战,目标都瞄准了CBA总冠军。

参加这次赛事的共有十二支球队。

CBA比赛日是球迷们的节日,在这个赛季里,将会进行一百多场比赛,球迷们又有好戏可看了。

在这十二支球队中,最为球迷们关注的就是八一队和上海东方大鲨鱼队。

在众多球员中,最引人注目的就是王治郅和姚明。

许多球迷都是奔着王治郅和姚明来的，还有许多球迷为了观看王治郅和姚明的对决而早早预订球票，没买到球票的球迷甚至不惜高价购买"黄牛"球票。不能到现场观战的就守在电视机前，为喜爱的球星加油助威。

全国各大媒体的记者早已闻风而动，四处打探消息，跟踪采访，挖掘球队幕后故事，争相报道比赛盛况。

比赛还没开始，关于王治郅和姚明的新闻已经令人眼花缭乱、目不暇接。

面对铺天盖地的报道和球迷们的议论，王治郅和姚明又做何感想呢？

此时正是"八一王朝"的鼎盛时期，也是王治郅球员生涯的巅峰时期，他是当之无愧的"亚洲第一中锋"，已经在这个宝座上稳坐多年，鲜有能与之对抗者。

可是，自从姚明出现以后，形势改变了。姚明像一座快速隆起的山峰，强势崛起，身上蕴藏的能量，让人感到他就像一座火山，终有一天要爆发。

八一队感受到了姚明的威胁，主帅王非召集队员研究对策。

大伙儿通过分析姚明的战术特点，一致认为他靠的就是身高，擅长内线防守，控制篮板，近距离投篮还说得过去，篮下勾手上篮、扣篮有一定威力，但缺少外线作战经验，远距离投篮技术较差，进攻能力几乎为零。总之一句话，如果将姚明挤出内线，姚明的作用就发挥不出来了。

八一队的计策是"堡垒"战术——以王治郅、刘玉栋为主，其他人见机行事，紧密配合，形成一个铁三角，筑起铜墙铁壁，坚决将姚明拒之门外，不让他跨进内线一步。

姚明的心态却正好相反，他既不烦恼，也不郁闷，而是咧着大嘴，笑个不停。他耐心地等了一年，又可以与王治郅决一胜负了，这对他来说是最开心的一件事，因为只有与高手较量才能提高自己的水平。

经过几年的历练，姚明感觉到自己已经有了很大进步，也应该朝着更高的山峰攀登了。而当今国内篮坛，凡是与他交过手的都败下阵来，他面前高高耸立的只有一座山峰了,那就是王治郅。

向对手挑战不等于不尊重对手,姚明十分敬佩王治郅,敬佩他坚强的意志、优良的作风和高超的技术,而这些正是姚明追求的人生境界,打败对手,就是超越自己,提升自我。

相比于八一队,东方大鲨鱼队平静得多,他们没有过多地研究对手,设计战术,而是完全放松,球员们就像一群快乐的小鱼儿,静等风浪的到来。

队员之所以如此,是因为主帅心中有数。主教练李秋平经验丰富,对手下这群小伙子的情况了如指掌。在自己的调教下,小伙子们个个本领大长,整体作战能力更是得到跨越式提升,目前除八一队外,没有哪支队伍敢与之抗衡。但若要说战胜八一队,还不到时候,因为这群小伙子在经验和战术方面与八一队的老将们相差甚远。

所以,李秋平没有给队员过多压力,更没有提出过高的目标,他轻描淡写地说:"心急吃不了热豆腐,小伙子们别着急,放开打,想怎么打就怎么打。"

二〇〇〇年十一月八日，八一队与东方大鲨鱼队登场亮相，新赛季的比赛在上海卢湾体育馆拉开了大幕。

哨声响起，八一队依计而行，场上一交手，就形成包围圈，将姚明阻挡在三分线以外。

姚明站在三分线外反而乐了，他咧着大嘴，嘿嘿一笑，轻轻一招手，队友知道他的意思，及时把球传了过来。

姚明接球在手，故意冲着王治郅晃了几晃，舒展双臂，篮球出手，宛若一颗流星，坠入篮筐，又准又狠，完美无瑕。

王治郅和队友们一时间愣住了。

内行看门道，外行看热闹。姚明一出手，王治郅就看明白了，姚明已经掌握了三分球绝技。

八一队及时调整战术，阻挠姚明的三分球。

绝招之险在于快，迅雷不及掩耳，眨眼之间，致敌死命。

姚明的三分球不仅准，而且速度极快，没等对手近身，球已经出手入筐了。

这下八一队没招了，阵脚大乱，漏洞百出。姚明和队友们抓住机会，大举进攻。姚明又投进了一个个漂亮的三分球。

王治郅瞪大两眼，瞅着篮筐，暗暗叫苦。然而大势已去，无可挽回。

最终，东方大鲨鱼队以101比96取得胜利。

但是，"姚王大战"并未结束，因为这只是初赛，最激烈的战斗还在后边。

十二月中旬，初赛结束，东方大鲨鱼队和八一队分别战胜对手，进入总决赛。

十二月三十一日，东方大鲨鱼队在宁波向八一队发起挑战。宁波是八一队的主场，主场绝对不能输。如果输了，如何面对江东父老？

宁波的球迷也不允许八一队输，八一队是他们的骄傲，也是他们的脸面。

球迷们组成啦啦队，脸上贴着八一队的队标，摇着小旗子，敲锣打鼓，以前所未有的阵势开进赛场，激励士气，鼓舞斗志。

赛场上，王治郅如猛虎下山，威风八面，咆哮之声震动全场。球迷们备受鼓舞，呐喊之声一浪高过一浪："王治郅——王治郅——"

这场球，王治郅愈战愈勇，越打越好，他的个人技术发挥到了极致，这也是他进入八一队以来，打得最卖力、最精彩的一场比赛。

本场王治郅一人拿下26分、17个篮板，得分超过姚明8分。

八一队没有辜负江东父老，以气壮山河之势打败了挑战者上海东方大鲨鱼队，夺取胜利，实现了CBA六连冠。

之后，王治郅离开了八一队，远赴美国，加入了NBA。

从此以后，"姚王大战"宣告结束。尽管在美国NBA赛场上两人有几次相遇，但已时过境迁，不可同日而语了。

智取八一队

眨眼间，CBA2001—2002赛季如期而至。

八一队与东方大鲨鱼队再次成为球迷们关注的焦点。

光阴荏苒，时光如梭，几个月间，一切都在悄然发生着变化，国内篮球界也是如此。

八一队日渐衰弱，大鲨鱼队则愈来愈强，这是球迷们都能看得出来的。

对于八一队来说，这是他们最为艰难的一年，主力战将王治郅去了美国，球队整体作战能力明显下降，雪上加霜的是对手的战斗力却在节节攀升，尤其是大鲨鱼队在这一年又有了质的飞跃，以姚明为核心的年轻队伍已经全面成熟，他们士气旺盛,实力倍增,大有不可阻挡之势。

形势虽然对八一队不利,但是这支英雄的队伍并没有气馁,大伙儿齐心协力,背水一战,决心捍卫霸主地位,誓夺七连冠。

对大鲨鱼队来说,这个赛季也非同寻常。在主帅李秋平的率领下,这支年轻的队伍经过五个赛季的稳扎稳打,不断进步,在争夺冠军的道路上,已经将十支队伍抛在身后,目前面临的就是最后的冲刺:打败八一队,他们就是冠军。

对姚明来说,这个赛季更是意义深远。此时的姚明已经是大鲨鱼队球员们公认的队内领袖,他有责任带好这支队伍,为上海赢得更大的荣誉。

"我们必须夺冠!"姚明毫无退路,赛前他向队友发出了动员令。

"八一队也不是软柿子,不是那么好捏的。"

"听说刘玉栋已经对天发誓,要和咱们拼个你死我活。"

"听说张劲松、范斌、李楠目前的状态很好,为了这场比赛已经做好充分的准备,不会让我们轻易得手的。"

"大郅走后,他们从沈阳队弄来一个莫科,来顶替大郅的位置,据说这小子年轻,精力旺盛,有几下子,得注意防这个冷子。"

……

大鲨鱼队的队员们议论纷纷。

姚明郑重其事地问大伙儿:"知道田忌赛马的故事吗?"

"这谁不知道?"大伙儿齐声回答。

"我们这一次就用这个计策。"姚明说。

"这个计策怎么用?难道说我们轮流换人上场?"

大伙儿还是不明白。

姚明详细解释:"我们要避开八一队的锋芒,痛击他们的弱处,给他们来个消耗战。"

这么一说,大伙儿明白了,纷纷点头,对姚明这个计策十分佩服。

二〇〇二年四月十日,CBA总决赛首场在宁波开战,八一队对阵上海东方大鲨鱼队。

宁波是八一队的主场,八一队的球迷们像往

常一样，打着"八一必胜"的横幅，吹着小喇叭，摇动小旗子，前来助威。但是，与以往不同，球迷们个个表情严肃，庄重异常，因为他们知道这回总决赛是八一队最艰难的一次。王治郅远赴美国，球队失去了半壁江山，剩下的都是老队员，鲜有新生力量补充。而大鲨鱼队正好相反，姚明已经成长为一位"巨人"，年轻队员也已成熟，个个生龙活虎，活力四射，大鲨鱼队真的成了一条凶猛无比的大鲨鱼。八一队能否擒获这条大鲨鱼，真不好说。

面对江东父老，八一队还是那句老话——绝对不能输！

哨声响起，大鲨鱼队的队员们依计而行，犹如一群放出牢笼的怪兽，在场上横冲直撞。这正是他们的计策，具体做法是：一是快速跑动，故意让八一队尾随追赶；二是远距离传球，用力又狠又猛，故意让八一队抢球断球，即使八一队抢到球，也要付出很大力气；三是硬顶硬撞，故意与八一队队员进行身体接触。这样做的目的都是消耗对方的体力。

八一队明知是计，也得接招，因为篮球运动本身就是对抗激烈的运动，对手强攻硬打，八一队也只能硬顶硬扛，不可回避。

好在主将刘玉栋身经百战，经验丰富，他及时调整节奏，率领全队采取迂回包抄的对策，巧妙避开大鲨鱼队的一轮又一轮冲击，牢牢地稳住阵脚，并发挥自己神投的绝技，拿到球就投篮，每投必中，一人狂砍51分。

其实大伙儿都知道，刘玉栋是带伤上场，他的膝盖严重受伤，腿一动膝盖就疼，走几步就疼得浑身哆嗦，大汗淋漓。医生检查发现，他的膝盖骨已经破碎，有十几块碎片，必须尽快做手术，否则他的这条腿可能落下残疾。可是，这次决赛刘玉栋坚决要求出战，宁死也要战斗到底。刘玉栋婉言谢绝了医生的劝告，恳请医生给他打了封闭针，强忍疼痛，坚持上场。

八一队的队员们，张劲松、李楠、范斌、莫科……也都拼尽了全力，个个英雄，人人好汉，彰显出军人本色。

球迷们看着赛场上的英雄，泪水悄然而落，

模糊了双眼，尤其是"横扫群魔"的刘玉栋，他的形象愈来愈高大，宛如一尊天神屹立赛场，坚不可摧。

这场比赛，八一队击败对手，将凶猛的大鲨鱼赶回了上海。

第二场比赛在上海举行，大鲨鱼队占尽天时、地利、人和的优势，他们如法炮制，依旧采取消耗战术，最终赢得了比赛的胜利。

CBA总决赛实行五局三胜制，第三场比赛十分关键，如果第三场赢了，后面的两场球就很好打，如果第三场输了，后面两场球就会出现很多变数，输赢难定。

怎么办？

八一队和大鲨鱼队都在思考这个问题。

就在此时，姚明突然面对电视镜头说："八一队已经没法跟我们再拼了，他们已经老了！"

此言一出，顿时掀起滔天巨浪。

社会各界对姚明的讲话很有看法，一时间议论纷纷，批评之声不绝于耳。

八一队的球迷们更是愤然而起，指责姚明：

"你姚明有啥了不起！不就仗着个子高吗？个子高就可以信口胡说吗？"

"黄毛小儿，稚气未脱，口出狂言，岂有此理！"

"姚明，你小子，没有八一队的大哥哥帮助你，你能有今天吗？"

……

记者更是跟着添油加醋，推波助澜，将矛头指向了姚明，大声质问他："你这话什么意思？"

姚明故意绕开话题，避而不答。

其实，这是姚明的又一计谋——心理战。

八一队果然中计，他们看了电视，听了姚明讲的话，开始都不信，以为这小子胡说八道，继而怒火万丈，气得浑身发抖。

可是，等他们回过神来，无不暗自神伤，悲从中来。运动员最怕提年龄，常言道"一岁年龄一岁人"，新一年不比旧一年。人的身体素质、运动能力有一定规律可循，由高峰到低谷，逐渐衰退，这是大自然的规律，谁也阻挡不了。年龄大上一岁，身体状况就有明显差异，何况刘玉栋、张劲松、李楠、范斌都是七十年代出生的，比八十年代出生的姚明、刘炜等人大了十多岁，不服老不行啊。

第三场比赛在上海卢湾体育馆开打，八一队的老将们怀着一肚子气上场，见到姚明，心中的怒气顿时化为一团烈火。

八一队的老将们个个使出撒手锏，刘玉栋如天神下凡，将篮下守得密不透风。

"小李飞刀"李楠三分球又准又狠，多次命中。

"拼命三郎"张劲松杀气腾腾，连续得分。

姚明一看势头不对，如果照此发展下去，这场球就输定了。这场大火是自己点起来的，自己得想办法灭火。没有其他办法，只有自己拼了。姚明不敢怠慢，依仗身高优势，拼尽全力控制住内线，使出全部本事，不放过每一次投篮的机会，一人拿下46分、23个篮板。

最终，八一队的老将们终因体力不支，输了这场球。

第四战，又来到了宁波。

八一队的球迷早早到场，一如既往地支持自己心目中的英雄们。

这是八一队最悲壮的一次战斗，队员们个个带伤上阵，刘玉栋腿伤没好，又添新伤，一个手腕受伤了。李楠膝盖受伤，在场上一瘸一拐，张劲松和其他队员也有伤在身。

这些身体上的伤痛他们都能克服，关键是他们的心理防线垮了，姚明的话戳到了他们的痛处，一想到"老"这个字，他们顿时没了底气。加之姚明的消耗战术发挥作用，连续四场球打下来，他们已经拼尽了最后的力气，实在没有力量硬撑下去了。

八一队又输了。这一天是二〇〇二年四月十九日，宁波大雨。

八一队的球迷全都哭了。

NBA 状元

姚明率领上海东方大鲨鱼队夺取CBA冠军，实现了他多年的夙愿，也向上海球迷交出了一份满意的答卷。

二〇〇二年六月二十七日，美国传来好消息，NBA总裁大卫·斯特恩宣布，姚明被休斯敦火箭队在NBA选秀大会上第一轮第一顺位选中，成为本年度的NBA状元。

NBA状元是怎么回事呢？这要从NBA选秀说起。

NBA选秀就是NBA球队挑选新球员的活动，每年举行一次，在选秀大会上，三十支NBA球队都可以挑选自己看中的球员，这些球员必须自愿加入NBA，且年满十九周岁。被选中的球员则被称为NBA新秀。

选秀的规则十分复杂，简单地说就是球队通过抽签和摇奖确定挑选运动员的顺序。抽签和摇奖结束后，按照顺序开始选秀。选秀又分为两轮。第一轮选秀的顺序是：状元签（第一名）、榜眼签（第二名）、探花签（第三名）和常规赛战绩由差到好的球队。第二轮选秀顺序则按常规赛战绩倒序排列。

拥有状元签的球队，在所有参与选秀的球员中选择自己看中的球员，这个球员就是"状元"，他们通常是所有球员中最优秀的，或是球队最需要的。

然后是拥有榜眼签的球队在剩下的球员中进行选择。可以看到，越往后，可供选择的球员就越少，优秀的球员通常也越少。

球员被选中时的顺序称为顺位。球员在选秀大会上越早被选中，即顺位越高，他的身价就越高。

外国球员加入NBA有两种途径：一是到美

国读大学，参加大学生篮球赛，然后参加新秀选拔；二是在本国打球，被NBA球队直接选中。

其实早在二〇〇〇年，姚明就被NBA球队看中了，NBA的三十支球队中有二十八支球队向姚明传递过信息，希望姚明加入他们的球队，但是由于各种原因，姚明二〇〇〇年和二〇〇一年没有参加选秀。

二〇〇二年，经过过程曲折的协商谈判，姚明如愿来到美国，参加NBA选秀，正式与火箭队达成协议。火箭队郑重承诺，如果抽到状元签，就选姚明。火箭队的运气果然很好，抽到了状元签，姚明就这样成了状元。

休斯敦火箭队是美国得克萨斯州休斯敦市的职业篮球队。一九六七年，火箭队在圣迭戈成立，当时总部设在当地的通用动力公司，通用动力公司是制造火箭、导弹的主要厂家，所以该队取名火箭队。一九七一年，球队搬到休斯敦，休斯敦是美国的航天中心，航天当然离不开火箭，所以仍然叫火箭队。火箭队曾拥有摩西·马龙、拉尔夫·桑普森、哈基姆·奥拉朱旺等著名球星，在1993—1994和1994—1995两个赛季连续夺得NBA总冠军，是一支传统强队。

二〇〇二年十月二十日，姚明从上海乘飞机，飞往美国。

姚明抵达休斯敦后，火箭队总经理卡罗尔·道森、主教练鲁迪·汤姆贾诺维奇、商业运营官迈克·哥德堡、新闻官尼尔森·路易斯等到机场迎接。

令道森想不到的是球迷们早已在机场等待姚明，有美国人，也有中国人，男男女女，老老少少，有好几百人，他们纷纷拥上来与姚明合影，索取签名。

近乎疯狂的球迷们拼命向前挤，道森不得不请求增派十名警察维持秩序。

球迷们围住姚明不愿离去，光签名就用了一个多小时，道森等人不得不采取行动，硬把姚明拖走。

姚明对球迷们说："很抱歉，我只有一个人，不能满足所有在机场要我签名、想跟我合影的人，如果下次你们给我一个机会，我保证一定做到。"

道森回忆当时的情景,感慨万千地说:"他谦逊和蔼的态度,一下子就征服了休斯敦!"

紧接着,道森接到许多人打来的电话,其中有些人并不是篮球迷,但他们表示:"因为姚明,我会做火箭队的球迷。"

火箭队在主场康柏中心为姚明举行了简短的欢迎仪式。

姚明与新队友一一见面,大家都对姚明的到来表示热烈欢迎。

姚明加入了火箭队大家庭,他的新生活从此开始。

火箭队大家庭

休斯敦火箭队是个大家庭。

老板亚历山大,犹太人,经营金融证券起家,此人精于商业运作,性情温和,特别喜欢篮球,二〇〇三年出资八千万美元收购火箭队,成为火箭队老板。

球队的负责人还有总经理卡罗尔·道森、商业运营官迈克·哥德堡、新闻官尼尔森·路易斯和主教练鲁迪·汤姆贾诺维奇。除这些重要人物外,还有球队队员、助理教练、训练师、营养师、各类勤杂人员等。

这个大家庭的成员来自世界各地,不同国籍,不同肤色,大伙儿济济一堂,热热闹闹,由于文化背景和个人性格差异，相互之间既有和谐愉快的一面，也时有摩擦和冲突发生。

这个大家庭也是一个不稳定的群体，尤其球员流动频繁，有的球员连续签约长达数年，有的临时替补队员只在球队待了几个月甚至十几天就离开了。这些队员个个阅历丰富，性格鲜明，尤其大腕儿明星更是脾气火暴，盛气凌人，很难相处。

不过，姚明性格开朗，坦率真诚，逐渐赢得了大家的尊敬，得到了大家的喜爱和帮助。

对姚明帮助最大的就是主帅鲁迪·汤姆贾诺维奇。

汤姆贾诺维奇是火箭队历史上的传奇人物。他是篮球运动员出身，在一九七〇年的选秀中被火箭队选中，为火箭队立下赫赫战功，五次入选NBA全明星阵容。一九九二年，汤姆贾诺维奇出任火箭队主教练，率领火箭队两次夺得NBA总冠军。二〇〇〇年率领美国"梦四队"夺取悉尼奥运会冠军，二〇二〇年入选篮球名人堂。

汤姆贾诺维奇是在悉尼奥运会上认识姚明的，

当时他就惊呼:"这正是我要找的人,火箭队的未来!"赛事结束后,他就向老板亚历山大和总经理道森推荐姚明,希望得到这个篮球天才。为了顺利将姚明招至麾下,他曾与道森、路易斯、哥德堡一行专程赶到北京,与中国篮球协会谈判交涉。

姚明加入火箭队后,他的大幅照片出现在《体育画报》的封面上,又一次成为人们关注的焦点:这个中国来的大个子到底怎么样?

球迷们急于看到姚明的表现,有记者问汤姆贾诺维奇:"姚明准备好了吗?能首发上场吗?"

汤姆贾诺维奇回答:"这孩子刚来十天,还没有完全适应,不可能准备好。他的压力太大了,我不会让他首发……你们要给姚明充分的空间,让他不断进步和成长。"

作为运动员出身的汤姆贾诺维奇对球员面临的环境压力深有体会,对球员的身体、心理状况更是洞察入微,他深知姚明承担的压力多么巨大——自己能不能成功,父母家庭会不会因此受累,还有来自上海甚至中国人民的美好愿望,这些都是无形的压力，都要由他承担。

汤姆贾诺维奇如慈父一般呵护姚明，给他充分的时间和空间，用各种方式减轻他的压力，为姚明在NBA的道路上阔步前进打下了坚实的基础。

汤姆贾诺维奇有句名言："永远不要低估一颗冠军的心！"

姚明将这句话深记在心，每次遇到挫折，一想起这句话，顿时精神焕发，斗志昂扬。

在这个大家庭里，姚明最要好的朋友就是弗朗西斯了。史蒂夫·弗朗西斯，一九七七年二月二十一日出生于美国马里兰州塔科马帕克，曾被评选为1999—2000赛季最佳新秀，获得过二〇〇〇年扣篮大赛亚军，三次入选全明星队。弗朗西斯身体素质好，他的绝招是以完美的交叉步快速过人，具有超强的进攻能力。他是球队主力，也是球队领袖，大伙儿都要看他的眼色行事。

姚明的状元签就是弗朗西斯抽取的，弗朗西斯常常引以为豪地说："是我把姚带到NBA，带到了火箭队！"

就由于这个缘故，弗朗西斯像对待弟弟一样照顾姚明。姚明加入火箭队后的首场比赛没有得分，心里很郁闷，弗朗西斯立即来到他的身边同他交谈，姚明从这位大哥哥的眼神里读出了安慰和鼓励。

记者问弗朗西斯："如何看待姚明的第一场比赛？"

弗朗西斯说："我必须挺他，万事开头难，起步是人最脆弱的时候，如果挺不过来就容易失败，我要多鼓励他，他的压力就会减轻很多。"

弗朗西斯不仅处处力挺姚明，而且绝对不允许别人欺负姚明。二〇〇四年四月，火箭队与太阳队有一场比赛，对方有一名悍将斯塔德迈尔，在比赛中对姚明做出了不礼貌的举动。弗朗西斯愤怒地冲过去，猛地将他推了个趔趄。斯塔德迈尔不敢招惹弗朗西斯，灰溜溜地躲到一边去了。

火箭队中对姚明特别关怀爱护的还有一个人，那就是迪肯贝·穆托姆博。穆托姆博一九六六年六月二十五日出生于刚果（金）首都金沙萨，曾四次获得NBA年度最佳防守球员奖，三次入选NBA最佳防守阵容。二〇〇九年四月二十二日因膝伤宣布退役，二〇一六年入选名人堂。穆托姆博是一名重量级的中锋悍将，他身高2.18米，体重121公斤，由于擅长盖帽，人送外号"盖帽机器"。

  穆托姆博比姚明大了将近二十岁，但两人很谈得来。穆托姆博司职中锋，有很强的个人能力，但大部分时间担任姚明的替补。可是，在姚明心中他既是导师，又是长辈。穆托姆博职业生涯漫长，经历丰富，他乐于把自己的宝贵经验传授给姚明。由于年纪大了，他有些唠叨，场上场下，说个没完没了，可无论他说什么，姚明都耐心听讲，虚心接受。

"亲吻驴子的屁股"

姚明刚到休斯敦的时候,对这个城市和这里的生活环境还很陌生,对球队的内部事务、队友的技术风格、队友之间的关系、球队的战略战术还不了解,他需要时间。

然而,时间不等他,2002—2003赛季开始了。

NBA状元历来是球迷追捧的对象,也是新闻媒体关注的焦点。

中国有句古话——是骡子是马拉出来遛遛。你姚明不是状元吗?你实力到底如何?有没有真本事?值不值状元的价码?

一连串的问题,都要在赛场上回答。

姚明的一举一动，万人瞩目，新闻记者紧盯不放。

二〇〇二年十月三十日，新赛季的号角吹响，火箭队与步行者队之间的交锋在印第安纳波利斯拉开序幕。

这是姚明加入NBA后的第一场比赛。这场球姚明上场打了十一分钟，抢得2个篮板，唯一的投篮没有投中，一分未得，还有两次失误。

这是个糟糕的开端，对此姚明这样回答记者："我知道，今晚有些遗憾，但万事总要有个开始，这就是我的开始……给我带来压力的东西很多，状元秀、新的国家、新的联赛、新的对抗……但是，我不会往心里去，这是我必胜的法宝。"

第二场球，火箭队对阵掘金队，姚明上场的时间也不多，只得了2分。这个成绩也不好，但总算有点进步。

为什么成绩这么差呢？

姚明自己分析原因，教练也在帮他分析原因。

首先，从大的方面来说，姚明长期在CBA打球，无论是球队理念，还是战略、战术等方面，都与NBA有着很大的不同。国内特别强调整体观念和大局意识，要求球员之间相互配合，而NBA则突出球星的作用，鼓励每个球员自由发挥；国内球员的身体素质与NBA的球员相比有一定差距，NBA球员中黑人占很大比例，黑人运动能力较强，这是天生的优势；NBA的速度更快，对抗强度更大，球员的个人技术更臻完美；由于有强大的财力支撑，NBA的组织体制、教练团队、后勤保障条件也非常优越。

其次，从个人方面来说，姚明刚进入NBA时，体重128公斤，卧推力量在100公斤左右，这与NBA的中锋相比有很大的差距。NBA的中锋体重一般不少于140公斤，卧推力量至少150公斤，甚至达到200公斤。至于那些超级中锋，更是超出常人，比如奥尼尔体重160公斤，卧推力量可达200公斤以上。除此之外，姚明在速度、个人技术等方面都有不尽如人意的地方，这些都需要克服改进，尽快提高。

病根找到了，接下来就是对症下药。姚明给自己开出的药方是：强体魄，练力量，提速度，融团队。

强体魄，就是增加体重，强壮体格，提高对抗能力。要想增加体重，就要增加饭量，逼着自己多吃。

练力量，就是专门练习上肢、腿部和腰部力量。球队正常训练，不包含力量训练这项内容。姚明要训练力量，就要在完成正常训练之外，给自己加码，每天增加训练时间，比别人流更多的汗水。

提速度，就是结合战术训练，提升奔跑、跳跃、快速移动的能力。

融团队，就是尽快融入团队，与队友打成一片，熟悉每位队友的性格特点和肢体语言，理解队友的意图。

帮助姚明找出问题，分析原因，有针对性地训练也是火箭队的一件大事。姚明训练时不仅有专门的教练指导，就连总经理卡罗尔·道森也特别关心，前来观看。

卡罗尔·道森是教练出身，曾担任火箭队的助理教练十六个赛季，亲眼见证了火箭队四次打入决赛。卡罗尔·道森的左眼早已失明，右眼的视力也不如正常人，但是他却具有一个超出常人的能力——独具慧眼，善于发现与培养超级中锋，火箭队的前球员哈基姆·奥拉朱旺、埃尔文·海耶斯、摩西·马龙、拉尔夫·桑普森、鲁迪·汤姆贾诺维奇的成功都有他的功劳。尤其是奥拉朱旺，有一个绝招被称为"梦幻舞步"，就是在道森的指导下练成的。

道森向姚明招招手，说："我来教你一招。"

姚明走过来，将球递给总经理。

道森拿着球，背对篮筐，与篮筐保持一定角度，双手举起球猛地向上一晃，篮球在空中停住，突然又向下一晃，然后后撤一步，快速转身，伸出右手，勾手投篮，球入筐内。整个动作宛若流星，快如闪电，一气呵成。

姚明一看，这正是"梦幻舞步"啊！姚明十分激动，向道森表示敬意。

看着容易，做起来难。道森分开讲解每一个动作及其要点。

姚明很快掌握要领，领悟其中的奥妙，经过

"亲吻驴子的屁股"

无数次练习，把它变成了自己的绝招，姚明的这个绝招被称为"上海舞步"。

姚明的"上海舞步"很快就在第三场比赛用上了。

第三场比赛，火箭队在主场迎战多伦多猛龙队，姚明得了8分，拿了4个篮板。

这场比赛姚明有明显的进步，但是他的发挥还不稳定。第四场，火箭队在主场迎战西雅图超音速队，这场比赛姚明又一次发挥欠佳，一分未得。

第五场比赛，姚明发挥得也不好，火箭队在主场迎战金州勇士队，姚明上场7分钟，得了3分，拿下2个篮板。

这五场比赛打下来，姚明场均2.6分，共8个篮板，还有几次失误，可以说这个成绩很差，尤其对一个状元来说，实在说不过去。

姚明到底行不行？

众多球迷开始对姚明表示失望，一些新闻媒体，包括NBA权威人士公开向姚明表示质疑，其中声音最响亮的就是TNT电视台。

TNT电视台是美国一家著名的电视台，以播出各类体育赛事而闻名，NBA是这家电视台重点播出的节目，遇到大的赛事全天候播出，一场不落。

TNT有一档名为《NBA内幕》的栏目，专门报道NBA幕后的全景盛况，包括一些鲜为人知的逸闻趣事，如球队的人员组成、发展历史、过往战绩，教练的战略战术，队员的成长经历、技术风格、个人爱好等。

这是一档娱乐性节目，为了提高收视率，电视台特别邀请一些大牌球星来担当评论员，配合主持人解说现场战况，评论球队的优劣，点评每名队员的发挥。

《NBA内幕》收视率极高，在美国可谓家喻户晓。这档节目还有两个著名的评论员：查尔斯·巴克利和肯尼·史密斯。

查尔斯·巴克利，著名球星，绰号"空中飞猪"，五次入选最佳阵容第一阵容，被评为NBA"五十大巨星"之一，入选篮球名人堂。巴克利球风剽悍，为人也口无遮拦。他评论球员从来不留情面，并因此惹来不少麻烦。

肯尼·史密斯也是篮球运动员出身，他在一九八七年的NBA选秀中被国王队选中，先后效力于NBA的多支球队，退役后在TNT电视台担任评论员。史密斯为人朴实，精于解说，他能抓住要点，将一场篮球赛讲得头头是道，即使听众不在现场，仅凭他的解说也能知道赛场发生了什么。

巴克利和史密斯的风格完全不同，这两个人共同评论一场赛事，一个言辞犀利，激情澎湃，一个温和平实，严谨理性，正好形成鲜明对比；再加上主持人从中搅和，不停地抛出各种话题，三人就组成了一台戏，不停地上演喜剧和闹剧，逗得观众哈哈大笑。

巴克利从一开始就不看好姚明，当NBA宣布姚明是本年度状元时，巴克利就在演播室里毫不留情地大叫："火箭队简直疯了，要是我，绝对不会选姚……这次选秀是个错误！"

姚明加入火箭队后的第五场比赛，TNT电视台进行了直播，巴克利再次出言不逊，在演播室里当着亿万观众的面说:"如果姚明能在本赛季任何一场比赛中得分超过19分,我就当着电视观众的面亲吻肯尼·史密斯的屁股(ass)!"

一石激起千层浪。

当然,这句话很快传到了姚明耳朵里,有记者问姚明:"你对巴克利的话有什么看法?"

姚明莞尔一笑,机智地回答:"好吧,我就只得18分好了,免得他太难堪。"

第六场比赛,火箭队在主场迎战波特兰开拓者队,姚明得了7分,拿了4个篮板。这场球巴克利又说准了。

不过,接下来的两场比赛完全出乎巴克利的意料。第七场比赛,火箭队对阵湖人队,姚明取得20分、6个篮板。

仅仅过了三天,第八场比赛,火箭队对阵小牛队,姚明拿下30分、16个篮板。

坐在演播室里的巴克利傻眼了,他双眼瞅着屏幕,张开大嘴,半天没有合拢,喃喃自语:"这不是真的!"

巴克利随即转移话题,妄图蒙混过关。

不过，有人记着这事呢，史密斯没有忘，他提醒巴克利："这是真的，真实的一幕，就在眼前，正在发生，可别忘了你打的赌！"

球迷们也没有忘记，直接把电话打到演播室，催促主持人让巴克利兑现诺言。

巴克利这下慌了，嘴里嘟嘟囔囔，窘态百出。还是好友有办法，史密斯帮他解决了难题。

史密斯一挥手，助手从后台牵出一头驴子，这头驴子是史密斯花五百美元从农场租来的。

巴克利明白了，他赶紧借坡下驴，伏下身来，在驴的屁股上，轻轻地亲了一下。

原来，"ass"这个词有多个意思，既可以指屁股，也可以指驴子。

巴克利这一吻，不仅引爆了TNT，也烧"火"了姚明。

姚明在一瞬间成为NBA当之无愧的球星。

入选全明星队

十场比赛下来,姚明的体能、技术得到全面提升,逐步适应了NBA的节奏,融入了火箭队这个大家庭。姚明越打越顺,越打越好,到常规赛结束时,他向火箭队交上了一份合格的成绩单,也向球迷们展示了自己的实力。

2002—2003赛季,作为新秀的姚明场均得到13.5分、8.2个篮板、1.8次盖帽、1.7次助攻,整个赛季总共得了1104分。

由于姚明的加入,火箭队比赛的门票收入大幅度提升,不论在主场还是在客场,平均每场观众增加了三千五百人。

姚明加入火箭队的前一个赛季,火箭队的门

票收入在NBA排名倒数第二,姚明加入后,火箭队的门票收入大为改观,快速提升到NBA的第二位。

美国掀起了一股"姚明热",姚明也因此被选为当赛季NBA全明星赛的首发中锋。

NBA全明星赛是怎么回事呢？

NBA全明星赛是由美国全国篮球协会举办的NBA球星表演赛。NBA全明星赛于一九五一年三月二日首次举行,从此每年举行一次,为期一周。

NBA全明星赛有两个队参加,东部赛区明星队和西部赛区明星队,每支队伍的首发阵容包括一名中锋、两名前锋和两名后卫（这个规则于二〇一二年十月二十四日修改,取消中锋球员,改为三名前场球员）。

全明星队的首发阵容由球迷投票选出,一九九三年以前主要由美国本土球迷投票,一九九三年以后范围扩展到国外,如墨西哥、加拿大、澳大利亚等地的球迷也可以参加投票。现如今,这项活动范围已经扩展到了全世界,来自世界各地的球迷可以登录NBA官方网站，通过十七种语言，为自己喜爱的球员投票。

NBA全明星赛东、西部两队的教练分别由常规赛举行到一半时本赛区成绩最好的球队教练担任。每一支明星队的七名替补球员由教练指定。

由此可以看出，入选全明星首发阵容是何等荣耀，能够入选全明星首发阵容的都是当之无愧的球星。

NBA全明星赛可以理解为NBA的狂欢节，其实就是NBA官方为了扩大影响力而向公众设立的开放日活动。届时本赛季最有影响力的球星将悉数登场亮相，与球迷们亲密互动，增进感情，以此获得更多球迷的支持。

在NBA全明星赛的节日里，球星们将参与各种比赛项目：全明星赛、名人赛、技巧挑战赛、扣篮大赛、三分球大赛、新秀对抗赛[①]等。

全明星赛也计算个人成绩，但这些不是最重要的，全明星赛本来就是一个娱乐节目，以表演

---

① 当年的NBA新秀与去年的新秀进行比赛。

为主,赛场上没有激烈的对抗,明星们要做的就是将自己的天才球技、过人本领和独门绝技展示给观众。

2003—2011年,姚明六次入选全明星赛首发阵容,两次因伤缺席。在全明星赛中,姚明共取得42分、24个篮板、8次助攻,投篮命中率50%。其实,这些数据对姚明来说并不重要,球迷投票给他,就是想见见他们心中仰慕的"小巨人"。姚明高大的体魄和宽广的胸怀,早已被美国球迷所称许,世界各地都有他的球迷,他已经成为众多球迷心中的偶像。

球迷说:"我们不在乎谁输谁赢,就是想看姚明。"

由于姚明的影响,中国的NBA球迷队伍迅速壮大,NBA授权的球衣、篮球等在中国销量可观,NBA高层对姚明不得不刮目相看,甚至将球队拉到中国比赛。

姚明参加新秀挑战赛之后,仅一天之隔,NBA就宣布将派遣休斯敦火箭队与萨克拉门托国王队前往中国,分别在上海、北京两地举办季前赛。比赛的硬件设施，如球场地板、灯光设备、音响设备等都从美国运来，一切都按照NBA的标准设置，让中国的球迷不出国门就能到现场观看原汁原味的NBA比赛，以此激发中国球迷的热情。

"姚鲨对决"

早在姚明当选NBA状元时,就有一个人对姚明冷眼相对,充满敌意。

这个人就是NBA的超级球星奥尼尔。

沙奎尔·奥尼尔,一九七二年三月六日出生于美国新泽西纽瓦克,十三岁开始打球,在一九九二年的选秀中被奥兰多魔术队以第一轮第一顺位选中,职业生涯中十五次入选NBA全明星赛首发阵容,四次获得总冠军,十五次入选NBA年度最佳阵容,并入选NBA"五十大巨星"。一九九四年夏天,奥尼尔率领美国男篮"梦二队"夺得世锦赛金牌,个人获得世锦赛MVP,两年后他又率领"梦三队"夺得一九九六年亚特兰大奥运会金牌,成为NBA历史上唯一一个集世锦赛金牌、世锦赛MVP、奥运会金牌、常规赛MVP、全明星赛MVP、总决赛MVP六大世界篮坛顶级荣誉于一身的球员。

奥尼尔为何这样对待姚明呢?

因为奥尼尔在球队里司职中锋,而且是NBA历史上最强的中锋之一。

记者问奥尼尔:"你如何看待姚明?"

奥尼尔说:"我要用我的肘击打姚明的脸,让他知道我的厉害!"

接下来发生的一件事更是刺激到了奥尼尔,那就是NBA全明星赛首发中锋的票选。奥尼尔所在的洛杉矶湖人队与姚明所在的休斯敦火箭队都在西区,西区全明星队只能选一名首发中锋,结果球迷投票时,姚明高票当选,奥尼尔没有选上。

全明星投票落选让奥尼尔很没有面子,他把一肚子火全都撒到了姚明身上。

当记者因此事向奥尼尔提起姚明时,他故意模仿中国口音,怪模怪样地说:"告诉姚明,

ching-chong-yang-wah-ah-soh……"这句话没什么实际意义,但这样做很不礼貌。

奥尼尔的话在当地引起轩然大波,当地华人认为奥尼尔的做法是种族歧视,是对华人的攻击,强烈要求奥尼尔为此道歉。

不过,姚明对此毫不介意,还给他寄了圣诞贺卡。姚明的这一举动令奥尼尔的继父(奥尼尔跟继父长大)大为感动,接到贺卡后连夜开车赶到比赛现场,向姚明表示敬意。

一时间姚明和奥尼尔成为公众关注的焦点,这两个"巨人"如果同场竞技,肯定有好戏看。球迷们更是充满期待,二〇〇三年一月,火箭队遭遇湖人队,球票一抢而空。

洛杉矶湖人队于一九四七年成立于明尼阿波利斯,因为明尼阿波利斯湖泊众多,有"千湖"之称,故而球队名字叫湖人队。一九六〇年搬迁到了洛杉矶。湖人队共六十一次打入季后赛,三十二次获得西部冠军,十七次获得总冠军,位居NBA联盟第一位。

赛前很多人为姚明担心,最放心不下的是姚

明的父母。奥尼尔太强大了，他们担心姚明对付不了奥尼尔，而且很有可能受到伤害。雪上加霜的是，姚明在与掘金队比赛时扭伤了膝盖，继续跟奥尼尔这种级别的球员对抗有可能造成伤上加伤。

开赛的头天晚上，姚明的母亲方凤娣有些紧张，她找来奥尼尔的比赛录像，让姚明观看。

姚明不想看。

母亲认真地说："你必须看！"

姚明就打开录放机，看了一会儿，等母亲离开，他又关了录放机。

姚明为什么不愿意看比赛录像呢？

姚明想让自己安静下来，大战之前保持平静是最好的策略。

姚明说："不管发生什么事，这场比赛只不过四十八分钟。他可以挤垮我，他可以推倒我，但他打不倒我……"

一月十七日，奥尼尔来了。

比赛开始前，火箭队、湖人队分别召开新闻发布会，记者全都跑到火箭队这边来了，有一百多名，他们将姚明团团围住，向姚明提出许多问题，都是关于奥尼尔的。

有记者问："你对奥尼尔的肘如何看？"

姚明风趣地说："我希望他的肘足够肥，这样我就不会觉得太疼。"

"姚鲨①大战"开始了。

奥尼尔是黑人，有一口好牙。他咧开大嘴，冲着姚明笑了笑。灯光映照下，他的大白牙格外耀眼。

姚明也笑了笑，心里说：大鲨鱼，你吃不了我！

哨声响起，湖人队抢得先机，科比拿球到手，奥尼尔快步来到篮下。

科比眼疾手快，将球传给奥尼尔。奥尼尔举球扣篮，球被姚明一掌打飞。

奥尼尔还没明白咋回事，火箭队已发动快攻，球传到姚明手上，姚明勾手投篮，篮球应声入筐。

---

① 奥尼尔的外号为"大鲨鱼"。

中华先锋人物故事汇　姚　明

奥尼尔心想：你小子敢盖我的帽，算你有胆量，有本事再盖一个试试！

奥尼尔干脆站在篮下不动了，他向队友招手，示意把球给他。队友明白他的意思，将球传给他。

奥尼尔当着姚明的面，再次扣篮。

啪，球又被打飞了。

奥尼尔两眼直视飞去的篮球，沉思了三秒钟，心想事不过三，不能再让这小子得手了，如果再让他盖了帽，大鲨鱼的脸就丢尽了。

奥尼尔又拿到球，这次他不敢再耽搁，出手极快，又准又狠，志在必得。

没想到姚明比他还快，奥尼尔的球刚出手，姚明的巴掌就到了——啪，球又没影了。

奥尼尔发起威来，所到之处，人都被撞得东倒西歪。

姚明试图阻拦，但身子刚与他一接触，就被撞飞了。

姚明爬起来，脑子里立即呈现出另一幅画面——这哪里是大鲨鱼，简直就是一辆重型坦克啊！

奥尼尔身高2.16米,体重150公斤。他的脖子像牛的一样粗壮,骨头像石头一样坚硬,肌肉像铁块一样结实,两腿像铁柱一样牢固,双肘像钢锥一样锐利,双脚好似两条小船,他穿的鞋比姚明的大了整整三码。

与这个大家伙硬拼,无异于以卵击石,姚明决定改变战术,采取绕开和快攻的打法,他迈开两条大长腿,飞快地跑到球场的另一边,投篮得分。

奥尼尔虽然强壮,却没有姚明跑得快,他晃动着小山一般的身躯,紧紧追赶姚明,可是没等他赶到,姚明已经得手了。

大鲨鱼也不笨,他见姚明路数变了,也立即改变策略,采取封锁战术,拦住姚明的去路,封闭姚明的空间,不给姚明任何施展的机会。

姚明将计就计,你不是封锁我吗?好吧,我就跟你逗着玩儿。

于是,赛场上出现了滑稽有趣的一幕,姚明在前面跑,奥尼尔在后边追,姚明忽然掉转方向,奥尼尔也转过身来,追逐姚明,两人玩起了捉迷藏。

姚明这一招的妙处在于调虎离山，将奥尼尔吸引到外线，这样就为队友创造了更多的空间。

队友们见缝插针，频频投篮得分，仅弗朗西斯一人就疯狂砍下44分。如果不是姚明引开了奥尼尔，弗朗西斯无法取得这样的战绩。

这场大战，姚明拿下10分、10个篮板、6个盖帽、3次助攻。最终，火箭队以104比100战胜湖人队。

火箭队主教练鲁迪·汤姆贾诺维奇激动异常，振臂高呼："这是一场伟大的比赛，我为你们感到高兴，我为你们感到骄傲！"

魔鬼训练

二〇〇三年六月,火箭队主教练鲁迪·汤姆贾诺维奇因病离职,火箭队经过近两个月的挑选,最终选中了杰夫·范甘迪担任主教练。

范甘迪个头儿不高,1.75米左右,这样的身高能在NBA立足,一定有过人之处。他最为同行所称道的就是超出常人的敬业精神,他把球队当成家。无论球员什么时候到,总能看到范甘迪,因为他总是第一个出现在训练场。他思维严谨,硕大的脑袋里装满了战术和套路,据说他大大小小的套路共有三百多套,印了厚厚一大本。他要求球员必须按照他的套路来训练,实战中也要严格执行既定战术,不准有丝毫差错。他脾气暴躁，控制欲极强，不允许任何人挑战他的权威，如果有人违背他的意志，他就会严厉指责，甚至狂吼大叫，大骂不止，不留一点儿情面，是出了名的"魔鬼教练"。

"防守，防守，再防守！"这是范甘迪时常挂在嘴边的话，他的一切战术都围绕防守展开，他的绝招是"立足半场阵地，以中锋为核心，快打快攻"，这也是他的金字招牌，他以此成名，也因此饱受争议。

范甘迪的理念就是以中锋为中心，打半场阵地战，可见中锋在他心目中的位置。所以，他对姚明格外器重，并且希望姚明尽快成为球队的核心，进而形成以姚明为中心的攻防体系，率领火箭队稳步前进。

其实，这也是火箭队老板亚历山大和总经理道森的想法，他们之所以选中范甘迪，目的就是将"姚明效益"最大化。

范甘迪和他的教练团队全面分析了姚明的身体状况和技术特点，认为他是当时NBA最好的中锋之一，但他还不够强大，还需要磨炼。

为了尽快提升姚明的能力，范甘迪决定给姚明"开小灶"，指派助理教练汤姆·锡伯杜训练姚明。

锡伯杜是出了名的防守教练，他的观念与范甘迪如出一辙，所以范甘迪特别信任锡伯杜，相信他能教好姚明。

锡伯杜欣然接受任务，开始训练姚明。

第二天，姚明来到训练场，发现锡伯杜已经在那儿等他了。

姚明做完热身运动，开始练习运球，没想到锡伯杜突然抓起一块海绵软垫，向姚明腿上砸来。

姚明犹豫了一下，垫子已经狠狠地砸在小腿上。

姚明闪身躲开，垫子又砸了过来。

姚明加快步伐，可垫子像发了疯的魔毯一样在他身边狂飞乱舞。

姚明不得不设法应对这块垫子，他伸出一条手臂阻挡垫子，另一只手快速运球，双脚不自觉地踏出了"上海舞步"的节奏，两腿交叉运行，巧妙躲过垫子的攻击，同时稳稳地控制住球。

四十分钟下来，锡伯杜累得气喘吁吁，姚明

也大汗淋漓，浑身湿透。

姚明想休息一会儿，不行，锡伯杜手中的垫子又飞来了。

一天下来，不知练了多少回合，直到锡伯杜挥舞不动垫子，才算罢休。

这一招看似野蛮，却十分有用，经过反复练习，姚明的反应速度变得更快，腿部力量变得更强，步法变得更加灵活，手腕变得更加有力，篮球宛如一颗钉子牢牢钉在姚明手里，谁也别想抢走。

又一天，姚明练习投篮，锡伯杜的怪招又来了。这次他换了个花样，突然抓起一把扫地的扫帚，向姚明的头顶乱戳。

锡伯杜的用意很明显，干扰姚明投篮。

……

像这样的怪招，锡伯杜还有很多。它们看似古怪，但都来自实践，都很管用。

总之，在范甘迪的严格要求下，在锡伯杜的精心指导下，姚明进步很快，逐渐成为球队的核心。

可怜天下父母心

每一个成功者的背后都有父母坚实的支持，而姚明迈出的每一步都浸润着父母的汗水。

姚明进入NBA，要迈出国门打球，父母更是放心不下。为了照顾姚明，他们辞去自己喜欢的工作，漂洋过海，来到了异国他乡。

姚明的母亲方凤娣提前几周来到休斯敦，在经纪人比尔·达菲的帮助下，买了一栋房子。这栋房子是一座独立的小楼，位于温瑟湖畔，这里湖水清澈，绿草如茵，各种水鸟在湖中栖息，一派田园景色，美不胜收。父母喜欢这里，因为这儿有点像传说中的桃花源，给漂泊在外的人以心灵上的慰藉。这个社区治安较好，街道整洁，有利于姚明休息调整，恢复体力。

细心的父母专门为姚明定制了一张大床。床一直是困扰姚明的大问题。在国内外出打比赛时，姚明很难找到合适的床，每到宾馆房间，都要在床尾摆放凳子，否则他的小腿就无处安放。实在找不到凳子，只好将就一下，沿床的对角线斜着身子睡觉。进入NBA后，这个难题有所改变，每到一个城市，火箭队的后勤人员会提前为他安排好床，让他睡得舒服一点儿，但也不是每回都能如愿，摆凳子和斜着睡的情况也经常发生。

除了床，姚明家的家具也别具一格，桌子、椅子都比普通的高出一截，因为姚家的人个子都高，除了姚明的父母外，他的妻子叶莉曾是国家女子篮球队的中锋，身高1.9米。

有记者到他家采访做客，感觉像闯入了"巨人国"。

至于姚家的厨房就更讲究了，这里的厨具都是方凤娣亲手采购的，既有外国的厨具，也有中国的锅碗瓢盆、竹筷蒜臼。

这儿是方凤娣的"战场",因为姚明一年要打一百多场球,他先天的身体条件不是很好,必须通过超高强度的训练,才能不断增强体质。超高强度的训练和对抗性比赛让身体的能量消耗很大,需要及时补充,而饮食是重要的途径,马虎不得。

为了让姚明吃好,老两口犹如打仗一般,每天都要研究菜谱,既要营养均衡,又要味道鲜美。姚明吃惯了母亲做的饭菜,方凤娣就每天煲好一锅汤,在砂锅前守到凌晨三四点钟,等姚明比赛回来,亲眼看着他喝下去。

在姚明刚来美国时,母亲每天将热腾腾的饭菜送到训练场,她这一举动引来队员们好奇的目光。

"啊,妈妈的饭菜!"

"姚,你何时才能长大呀?"

姚明很不好意思,就不让母亲送饭了。

有记者问到姚家的日常生活。

方凤娣感慨地说:"我们在家能做的就是为姚明减少压力。我们不想将来的事情,只想明天做什么菜。姚明的父母不好当啊，最不利的地方就是买什么东西都不能打折，商店老板认为我们付得起全价，不应该砍价。"

由于姚明深受休斯敦球迷喜爱，姚明的父母也成了名人，休斯敦的市民都认识他们，因为在休斯敦长这么高的中国人不多，市民们遇到他们都会主动打招呼问好。

姚明的父母可以随时进入火箭队主场观看NBA比赛，不需要门票。

火箭队在休斯敦的每一场比赛，姚明的父母都会去观看，并且看得很认真。等球赛结束，姚明回到家中时，父母就与姚明讨论当天比赛的得失，给姚明提出好的建议。

球迷们尊称这两位可爱的老人是姚明的"场外教练"。

为祖国而战

姚明在NBA一年打一百多场球,在美国多个城市四处奔波,体能消耗很大,长期处于疲劳状态,他在自传中说:"我的梦想是能在同一个地方住上六个月,并过上一阵子不变的生活。"由此可见当时他的工作强度有多大,多么渴望得到休息。

即便如此,只要祖国需要他,他也会立刻挺身而出,为国效力。

姚明在美国期间,先后多次回国,代表中国队征战亚运会、奥运会、亚锦赛、世锦赛,为中国男篮做出了突出贡献。

二〇〇三年九月二十三日至十月一日,第

二十二届亚洲男子篮球锦标赛在哈尔滨举行。

这届亚锦赛,决赛阶段共有十六支球队参加,中国队的关键一战是与韩国队争夺冠军,如果拿了冠军,可以直接获得二〇〇四年雅典奥运会男子篮球比赛的参赛资格。

韩国队是中国队的老对手,在二〇〇二年的釜山亚运会上,中国队与韩国队在釜山社稷体育馆展开决战,争夺冠亚军。

那场比赛中国队一路领先,在最后几秒钟被韩国队追平。到了加时赛时,中国队好像中了魔咒一般,个个无精打采,失去了斗志,莫名其妙地输给了韩国队。

在那场比赛中,姚明得了22分,拿下21个篮板,但是,他无法破解中国队最后的"魔咒",尤其让他难忘的是当时体育馆内疯狂的场景,韩国球迷高声呐喊:"我们翻越了万里长城!"

真是冤家路窄,老对手再次相逢。

"这次不能再输了!"姚明憋了一股劲儿。

这时的姚明已经不是以前的姚明了,经过NBA一年的历练,他已经成为世界级的中锋,在这届亚锦赛上，还没有哪个中锋敢与他正面对抗。

姚明率领球队，一路过关斩将，势如破竹，轻松来到此役的最后关口，迎战韩国队。

姚明走到赛场，突然听到一种奇怪的声音："我们翻越了万里长城！"

这是幻觉吗？

不，这是难忘的耻辱，此时它已转化为英雄的愤怒和力量。

姚明双眉倒竖，瞪圆双眼，攥紧拳头，他的双腿像铁柱一样坚不可摧，他的臂膀宽阔厚实，能担万钧之重。他目光坚定，步伐稳健，率领全队，击败了老对手，稳坐冠军宝座。

据统计，姚明在这届亚锦赛中场均取得22.6分、13.1个篮板、3.8次扣篮、2.8次盖帽，这四项数据全部位列当届赛事的第一名，是当之无愧的MVP（最有价值球员）。

尤其在与韩国队的比赛中，他一人取得30分、15个篮板、5个盖帽，令韩国球迷大惊失色，为之叹服。

二〇〇四年八月十三日，第二十八届夏季奥林匹克运动会在希腊首都雅典举行。

姚明在自传中说："奥运会就像一座圣殿，吸引着全世界的运动员，当然也有我。"由此可见，奥运会在他心中的地位和分量。

其实，姚明已经参加过一次奥运会——二〇〇〇年悉尼奥运会。在这届奥运会上，中国男篮三大中锋王治郅、巴特尔、姚明全都在场，外线有三名神投手胡卫东、郑武、李楠，后卫有李晓勇压阵，可以说是一支实力十分强大的球队，但是在关键战中输给了法国队，没有进入前八名。

相比于悉尼奥运会，这届奥运会上姚明的心态明显不同，因为在悉尼奥运会上，姚明还是个年轻队员，他既不是球队核心，更不是球队领袖。但是，这次不同了，教练哈里斯和尤纳斯把他确定为球队核心，所有的战术都是围绕他设计的，他必须打好，没有退路。

对姚明来说，这届奥运会不仅是荣耀，更是责任。

姚明心头的压力可想而知。

篮球是团体运动，要想打好比赛，光靠姚明一个人努力还不行，必须全体队员密切配合，共同拼搏，才能取胜。然而令人遗憾的是，姚明发现球队的状态很不好，面对大战没有丝毫紧张的氛围，个别人甚至松松垮垮，无缘无故不参加训练。姚明看在眼里，急在心里，如果这种状态不改变，肯定打不赢。

结果不出所料，第一场中国队对阵西班牙队，全队仿佛又遭遇了魔咒，个个如在梦中，队伍一片散乱，既定的战法没有发挥作用，最后竟然以58比83的比分惨败。

姚明再也无法忍受，面对记者，他情绪激动，愤怒发声："我们今天站在这里，不仅仅代表我们自己，更代表了祖国。国家队不是地方队，这里不是养大爷的地方！"

姚明的怒吼犹如当头棒喝，惊醒了梦中人，又如一剂良药，治愈了大伙儿心中的彷徨和迷惘。

第二战，中国队对阵新西兰队，队员们的精神状态明显好转，每个人都拼了，每位队员都有精彩的进球和表现，最终以69比62战胜对手。这场球姚明发挥得出奇地好，全场20投15中，独得39分，打破了二〇〇二年世锦赛他创造的38分的单场个人得分纪录。

第三战，中国队对阵阿根廷队，又以57比82惨败。姚明砍下15分、7个篮板。

第四战，中国队对阵意大利队。意大利队是欧洲老牌劲旅，中国队面对强大的对手，再次发挥失常，以52比89惨败。此战姚明的个人成绩也不好，仅拿下9分、6个篮板。

第五战，中国队对阵塞黑队，塞黑队是世锦赛冠军，是一个强大的对手。中国队此时已经没有退路，只有战胜塞黑队，才能进入八强。

赛前姚明与队友分析塞黑队的情况，发现塞黑队有一个神投手，如果能看"死"这个神投手，就有取胜的希望。姚明鼓励大家："明天，我们一定能赢！"

第二天，中国队全都放开了，他们按照既定的战术，死死盯牢塞黑队的神投手，而姚明在队友的协助下，疯狂投篮，一人拿下27分、13个篮板，最终中国队以67比66险胜塞黑队，进入八强。

姚明加盟NBA期间，多次响应祖国召唤，参与各种赛事，仅亚锦赛就参加了四次，一九九九年到二〇〇五年的亚锦赛，姚明每届都是主力队员，率领中国队取得了亚锦赛四连冠的佳绩。

尤其在二〇〇五年的亚锦赛上，姚明的表现最为抢眼，场均取得20.3分、12个篮板、1.8次助攻、2.5个盖帽的好成绩，他也因此连续两次获得亚锦赛的MVP，成为亚锦赛上最耀眼的明星。

把责任扛在肩上

二〇〇一年七月十三日晚,国际奥委会宣布二〇〇八年的第二十九届夏季奥林匹克运动会将在北京举行。

北京申奥成功是一件大事,引来全世界的目光。国内更不用说,许多人守在电视机前彻夜未眠,当时任国际奥委会主席的萨马兰奇轻轻说出"北京"二字时,神州大地欢声雷动,亿万儿女热泪盈眶。

申奥成功对我国运动员来说,具有非同寻常的意义,所有运动员都企盼参加北京奥运会,为国争光。

姚明也不例外,他把奥运会视为"运动圣

殿"，他对许海峰、高敏、伏明霞等一些在奥运会上为国争光的运动员十分敬仰，渴望自己也能像这些运动员一样，出现在奥运赛场，为国效力。一九九三年，北京第一次申办奥运会，姚明很兴奋，投票那天夜里守在电视机前等结果，后来实在坚持不住，睡着了。第二天早上，当妈妈告诉他"我们输了"后，他好几天无精打采。二〇〇一年申奥成功，这时姚明已经进入国家队，北京赢了，全队激动万分，姚明说："北京，二〇〇八，我还赶得上。"

期盼已久的北京奥运会就要到了，姚明的身体却出现了问题。由于NBA漫长的赛季，加上每年夏天在国家队的比赛任务，他的体能消耗很大，小腿肌肉因疲劳而粘连，随时可能引发脚部的伤病。最为担心的情况果然发生了，二〇〇八年二月，姚明在火箭队取得二十二场连胜时，左脚应力性骨折（疲劳性骨裂）。

三月四日，姚明完成脚踝修复手术，而此时距离北京奥运会开幕不足五个月。

主刀医生克兰顿对姚明说："你由于长期处于

疲劳状态,身体深层问题相当严重,像这样的应力性骨折,可能还会发生。为了你的职业生涯考虑,五个月的全力恢复过于仓促和冒险,可能会导致你的身体更加脆弱,必须延长恢复时间。"

"八月八日,北京奥运会开幕,不能延长恢复期。"姚明说。

克兰顿郑重地提醒姚明:"姚,你必须放弃北京奥运会!"

"这不可能。"姚明说。

克兰顿严肃地说:"如果参加北京奥运会,有可能提前终结你的职业生涯!"

姚明说:"如果是那样,我也接受。"

北京奥运会在姚明心里比泰山还重,他为此已经等待了七年,眼看就到眼前,无论如何不能放弃,哪怕为此付出沉重的代价。

为了尽快恢复身体,手术两周之后,姚明就开始了康复训练。康复训练有一个过程,开始是轻度训练,随着脚伤逐渐痊愈,他不断加强训练强度,强化奔跑能力,确保技术的稳定性,一天训练下来,常常累得躺在训练馆的地板上爬不起来。

经过几个月的恢复训练，二〇〇八年八月十日，姚明率领中国男篮走进了北京五棵松体育馆。

在通往球场的通道里，姚明高高举起了拳头。

队友们也都举起了拳头，与姚明的拳头汇集在一起。

姚明神色庄重，说："现在，让我们把祖国，把我们的事业，扛在自己的肩上！"

队友们异口同声，大声宣誓："现在，让我们把祖国，把我们的事业，扛在自己的肩上！"

鏖战"梦八队"

奥运会第一次在自己的家门口举行，对中国运动员来说是荣耀，是机遇，也是压力，因为谁也不想在家门口丢脸。为了取得好成绩，每个运动项目都进行了充分的准备。

中国男篮十二人名单为：姚明、易建联、王治郅、孙悦、朱芳雨、王仕鹏、刘炜、李楠、陈江华、杜锋、王磊、张庆鹏。主教练是立陶宛人尤纳斯。

从这个名单可以看出，中国男篮的情况并不好，主要问题是队员青黄不接，后继无人，许多优秀球员已经退役，年轻选手还没有培养出来，替补队员与主力队员相比，实力悬殊，能挑大梁的依然是姚明、王治郅、易建联、孙悦、朱芳雨、刘炜等几员老将，在这几个人中，易建联算是年轻一些的。

中国男篮的运气也不好，抽签抽到了B组，B组的六支队伍分别是：中国、美国、西班牙、安哥拉、希腊、德国。

这一组被称为"死亡之组"。美国队号称"梦八队"，无人能敌，西班牙队是世锦赛冠军，德国队是欧洲老牌劲旅，安哥拉队是非洲最强球队，希腊队团队合作意识强，个人能力十分突出。这五支球队哪个都不是软柿子，哪个队都不好打。

第一战，中国队遇上了美国队，让我们看看"梦八队"的名单：科比·布莱恩特、勒布朗·詹姆斯、德怀恩·韦德、卡梅隆·安东尼、德怀特·霍华德、克里斯·保罗、德隆·威廉姆斯、克里斯·波什、卡洛斯·布泽尔、贾森·基德、泰肖恩·普林斯、迈克尔·里德。这十二个人全是NBA明星，有的还是超级大明星。

面对如此强大的"梦八队"，中国队毫不畏

鏖战"梦八队"

惧，开赛哨声刚刚落下不久，姚明就来了一个漂亮的三分球，大大提振了全队士气。

接着朱芳雨发挥出色，接连投中三个三分球，伴随姚明的勾手命中，中国队一度将比分扳平为29比29。

看台上掌声雷动。

这一下，詹姆斯、科比急了，开始拼命，联合对中国队发起猛攻。上半场美国队以49比37领先。

下半场美国队一直保持优势，比分差距被逐渐拉大。

然而，中国队没有放弃，姚明率领队友，稳扎稳打，能争取一分是一分。

球场上的拼杀越来越激烈，美国队员德隆·威廉姆斯狂妄自大，面对"小巨人"姚明，竟然要飞身扣篮。

这是姚明绝对不允许的，在家门口被人越过头顶扣篮，太丢脸面。姚明毫不犹豫，纵身跃起，在空中拦住对手。对于2.26米的大个子来说这是一个十分危险的动作，很容易受伤，但是姚明根本没有多想，他只有一个念头——绝对不能让对手得逞。

两个大块头在空中撞在了一起。扑通一声，姚明重重摔在地上。

德隆·威廉姆斯手中的球被姚明打飞。

姚明爬起来继续战斗，一直坚持到底。在最后一节，他接孙悦妙传，单手暴扣入篮，动作之流畅迅猛，惊艳赛场。

这场球中国队以70比101败北。

中国队此战虽然不敌"梦八队"，但是超越了自己，70比101的比分，已经创造了中美男篮交战史上的最小分差。

中国队在这场比赛中表现出了面对强敌不折不挠的勇气，不仅姚明的表现可圈可点，队友们也都有精彩发挥，易建联从安东尼脑后抢得篮板球将球补进篮筐，孙悦盖帽霍华德……

这一战，虽败犹荣！

第二战，中国队对阵西班牙队。西班牙队是中国队的老对手，在二〇〇四年雅典奥运会上，中国队第一战就输给了西班牙队，而且是以58

比83的比分惨败。

西班牙队阵容强大，不仅每名球员都有不俗的实力，还拥有世界级球星保罗·加索尔。

保罗·加索尔，身高2.13米，体重118公斤，司职大前锋、中锋。二〇〇六年世界男篮锦标赛上，加索尔带领西班牙队拿下西班牙男篮历史上的第一个世锦赛冠军。加索尔是一名典型的欧洲内线选手，技术很全面，他中投精准，篮下脚步灵活，主要得分手段是在左右两个禁区角上跳投，以及篮下单打的小勾手。

中国队与西班牙队一交手就打得难分难解，中国队每个人都发挥不错，其中四人得分达两位数，刘炜拿下全队最高19分，朱芳雨和王治郅各得到15分，姚明11分。

中国队一度比分逼平西班牙队，进入加时赛。然而，此时中国队的问题也暴露出来，那就是替补队员能力不强，换人只能在姚明、王治郅、易建联、孙悦、朱芳雨、刘炜六人中换来换去。这六名主力队员打美国"梦八队"时已经拼尽了全力，接着打西班牙队，体力消耗太大，手感越来越差，命中率越来越低，加上姚明因五次犯规被罚下场，中国队最终以75比85输给了西班牙队。

中国队连输两场，陷入"死亡之组"的泥潭。能不能冲出"死亡之组"，这是一个问题。

冲出"死亡之组"

中国队两战失利,要想冲出"死亡之组",必须赢下两场球。

第三战,中国队迎战安哥拉队。

安哥拉队是非洲大陆上的一支篮球劲旅,有"非洲雄狮"之称。安哥拉队在非洲锦标赛中的排名从来没有跌出过三甲,曾多次在非洲锦标赛中夺冠。黑人都是天生的运动健将,他们身体素质好,运动能力强,爆发力惊人,跑起来像猎豹一样迅猛,跳起来像猴子一样敏捷。

这是一支十分难对付的球队,如果让他们充分发挥,他们会像雄鹰一样飞到终点。

战前,姚明这样鼓励队友:"'非洲雄狮'不可怕,要发挥我们的优势,压住他们打,不能让他们有丝毫喘息的机会。"

大伙儿明白姚明的意思,要牢牢控制住节奏,不给"非洲雄狮"施展的空间,如果把它放出牢笼,谁都挡不住。

第一回合,姚明发挥身高优势,牢牢控制住内线,犹如一道铁栅栏,将"非洲雄狮"挡在了外面。

朱芳雨和孙悦都是神投手,两人配合姚明,在外线架起炮台,频频投中三分球。

"非洲雄狮"在外围乱蹦乱跳,可就是越不过姚明的防线。

第一节,中国队以28比15领先。

第二节,对手利用速度优势,一次又一次地向姚明发起攻击,比分越拉越近,第二节结束时,比分为44比42,与中国队只有两分之差。

第三节,姚明加强了防守,在易建联的配合下,将铁栅栏扎得更紧,并在内线投球得分,将领先优势逐渐扩大。

第四节,"非洲雄狮"几近疯狂,疯狂反扑。

姚明面对愤怒的对手，运用灵活的步法，牢牢控制住比赛节奏，保持住领先优势，同时给队友创造更多进球的机会。

队友们信心大增，越打越好，最后以85比68大胜安哥拉队。

这场比赛，姚明拿到30分、7个篮板、4个盖帽、3次助攻。

第四战，中国队对阵德国队，这是奥运会男篮比赛历史上中国队首次与德国队交手。

德国队有着超强的攻击力和坚固的防守，令人生畏，神投手德克·诺维茨基是德国队的王牌球员。

德克·诺维茨基，绰号"诺天王"，身高2.13米，体重111公斤，司职大前锋。他是唯一一个集NBA常规赛MVP、NBA总决赛MVP、世锦赛MVP、欧锦赛MVP于一身的球员。

最令人称道的是诺维茨基的神投绝技，在球场的任何地方，如三分线外、禁区内、弧顶附近、边角等，他都能够投篮得分，而且他的投篮技术十分全面，无论是三分球、突破上篮、扣篮、中投、勾手等，他都娴熟无比，十分完美。他凭这一绝技，曾赢得NBA全明星三分球大赛冠军。

德国队是中国队的老对手，在此之前两队曾交手十二次，中国队只取胜两次。最近四年之内，两队五次交手，中国队全都败北。

那么，这一战中国队如何才能取胜？

没有别的办法，只有靠坚强的意志，靠坚忍的毅力，要树立必胜的信心。

姚明对队友说："这场球我们必须赢，没啥好商量的！"

队友齐声回答："拼到底，一定取胜！"

中国队派出姚明、易建联、朱芳雨、孙悦、刘炜首发。

哨声响起，姚明拿球，转身命中，先得2分，紧接着篮下单打得手，又得2分。

诺维茨基使出神投绝技，得到2分。

易建联巧妙得球，投球入网，取得2分。

王治郅大发神威，投中三分球。

……

第一节，中国队占据优势，以19比9领先。

第二节，德国队展开攻击，诺维茨基如入无人之境，疯狂表演神投绝技，一人狂得11分，比分很快追了上来，以31比27反超中国队。

面对强敌，中国队又犯了急躁的毛病，命中率明显下降，如果再这样下去，后果不堪设想。

第三节开始，姚明全力加强防守，使出了他的撒手锏，故意造成对手犯规，连罚两球，全部命中，夺得2分。

德国队快速反攻，球却被孙悦抢断。孙悦拿到球后，果断起跳远投，来了一个漂亮的三分球，中国队以32比31反超德国队。

中国队士气大涨，刘炜乘胜追击，远投得手，又得3分。

德国队见势头不对，发动全面进攻，双方展开了"拉锯战"，比分咬得很紧，交替领先。

三节战罢，中国队以47比39领先对手，但优势并不大。

第四回合最为关键，这时候比拼的就是意志

和毅力，谁能将优势保持到底，谁就能取得最后的胜利。

姚明咬紧牙关，牢牢守住内线阵地，连得4分。王仕鹏连投带罚，进球得分，中国队继续扩大领先优势。

德国队提升速度，横冲直撞。关键时刻，"诺天王"连得5分，两队比分差距再次缩小，大大提升了德国队的士气。

最后几分钟，中国队队员体力不支，命中率下降，出现危机。

德国队趁机大举进攻，"诺天王"再展绝技，投球入篮，将比分追至55比56，双方仅1分之差。

此时，距离大战结束还有1分56秒。

就在这千钧一发之际，易建联投球命中，斩获2分。

中国队最终以59比55击败德国队，冲出"死亡之组"，进入八强！

这也是中国男篮继一九九六年和二〇〇四年两届奥运会进入八强之后历史上第三次杀进

八强。

　　随后，中国队迎战立陶宛队，以68比94的比分失利，止步于八强。

　　这届奥运会，姚明个人场均得分19分、篮板8.2个、盖帽1.5个、助攻2次。

最后的经典

二〇〇九年五月五日,火箭队客场挑战湖人队,这是双方季后赛的第一场,也是火箭队十二年来季后赛第二轮的第一场比赛。

火箭队与湖人队是老对手了,历史上曾无数次交手,但这一次非同以往,特别受到球迷的关注。

为什么?因为姚明和科比。

这个时期正是姚明的巅峰时期,他被公认为NBA第二中锋,技术全面成熟,无论身体状况还是临场发挥都达到了巅峰。

科比更不用说,这个赛季开始,他就带领球队以七连胜的开局,打出湖人队有史以来的最佳开赛战绩十七胜两负,可以说这时正是他最为得意的时候。

科比·布莱恩特,一九七八年生于美国宾州,他的父亲是前NBA球员"甜豆"乔·布莱恩特。科比在父亲的指导下,三岁开始打球,小时候他最喜欢的就是湖人队,上高中时他已经显露出过人的篮球天赋。一九九六年参加NBA选秀,以第一轮第十三顺位被夏洛特黄蜂队选中,但很快就转入湖人队,这一年他才十八岁,已赢得"小飞侠"的美名。科比帮助湖人队拿下五次NBA总冠军,是NBA历史上最年轻的"三万分先生"。两次成为NBA得分王,两次获得NBA总决赛MVP,一次获得NBA常规赛MVP,连续十七次入选NBA全明星阵容。

科比身高1.98米,体重96公斤,是一名得分后卫,同时又具有打小前锋的能力。他身手敏捷,四肢灵活,运动速度极快。他发起攻击时,可以轻松躲过防守队员,几乎没有人能防住他。科比技术全面,他的转身跳投、低位单打以及后仰跳投都堪称绝技。

火箭队与湖人队的这场赛事，就两队的实力来看，可谓势均力敌，旗鼓相当；就赛场环境因素来看，湖人队占尽了天时、地利、人和，具有明显的主场优势。

虽然是客场作战，但火箭队士气很旺，战前姚明就充满自信，说："我们一定要赢！"

对湖人队来说，这场球更不能输，因为是在家门口作战，面对长期支持自己的球迷，如果输了有失尊严。

所以，战局一开，双方都拼尽了全力，打得难分难解，比分咬得很紧，湖人队略占优势。

距离比赛结束还有4分54秒时，湖人队保罗·加索尔扣篮得手，将比分改写为85比79。

湖人队胜利在望，球迷们狂喜大叫，呐喊之声震天动地，有的球迷甚至唱起凯旋歌曲，预祝胜利。

湖人队眼看胜利唾手可得，不免翘起了尾巴，得意扬扬。

然而，一场鏖战，最后拼的就是毅力和意志。

姚明身经百战，深知这个道理。作为球队

156　中华先锋人物故事汇　姚　明

领袖,他必须鼓励队友,向着胜利冲锋,决不放弃。

这时候的科比已经打疯了,他使出绝技,妄图突破姚明的防守。

姚明也使出自己的撒手锏"上海舞步",迎战科比。

砰——

不好,科比的膝盖撞在了姚明的膝盖上。

这一撞堪称"巨人之撞",撞击的力度之大,全场都听到了响声。

姚明躺倒在地,感觉膝盖犹如中弹一般剧烈疼痛,钻心刺骨,刹那间脸色蜡黄,大汗淋漓。

姚明捂着膝盖,一瘸一拐,来到球员通道。

火箭队的训练师琼斯劝说姚明:"立即去更衣室,做详细检查。"

姚明摆摆手,说:"不,我不能退!"

姚明将两手撑在球员通道的墙壁上,反复屈伸大腿,伸展膝盖,缓解疼痛。

琼斯瞅着姚明脸上豆大的汗珠,再次劝说:"最好详细检查一下。"

姚明摇摇头，挺胸站起，毅然向赛场走去。

当姚明的身影再次出现在球场时，队友们都愣住了，对手也惊呆了。

观众席上，掌声雷动，又瞬间平息，球迷们对姚明肃然起敬，瞪大眼睛，屏住呼吸，生怕惊扰了姚明。

姚明的回归仿佛点燃了导火索，火箭队轰的一声爆发了，以排山倒海之势压向湖人队。

姚明在最紧要的关头，沉着冷静，连续命中六个罚球。

火箭队反败为胜，以100比92击败对手。

对于这场大赛，主教练和队友们这样评价：

火箭队主教练阿德尔曼说："我不知道我们的训练师对姚明做了什么，他就好像电影里的洛奇重回赛场那样。我们那时候在场上真的非常需要他。"

火箭队队友阿泰斯特说："我为他感到骄傲，他展现出了无与伦比的勇气！"

这场比赛使得姚明左脚骨裂，给他的职业生涯造成巨大影响。其实，姚明的左脚在CBA打球时就骨折过两次,这只脚一直是困扰姚明的最大问题。这次左脚再次受伤,伤情很重,不得不做手术。这一次做的是大手术,脚上打了十多根钢钉。

姚明的脚伤痊愈后,一度恢复比赛,但仍受脚伤的困扰,在2010—2011赛季,姚明只出战五场,就停止了比赛。

姚明的左脚没有办法恢复到以前的状态,他不得不结束自己的篮球生涯。

二〇一一年七月二十日,姚明在上海正式宣布退役。

慈善之举

姚明热衷于公益事业,他利用自己的影响力连续多年举办慈善篮球明星赛,还创办了姚明慈善基金会(姚基金),专注中国慈善事业。

二〇〇三年,"非典"疫情暴发,姚明专程从美国回到上海,与上海电视台共同发起"超级明星,超级爱心"抗击"非典"捐款活动。姚明公开发表演讲,说:"对抗非典型性肺炎是一场重要的战争,而我希望能在这一场战争中做出一点儿贡献以战胜疫情……这就是我能帮助我的祖国渡过这个艰难时刻所能做出的一点儿贡献。"在这次活动中,姚明个人捐款五十万元,这对当时的他来说,已经是一个很大的数目。电视台全程直播了这场慈善公益活动，许多NBA球员，如弗朗西斯、邓肯、诺维茨基等纷纷响应，慷慨解囊，为"非典"疫区送去温暖。

二〇〇七年九月，姚明邀请好友史蒂夫·纳什（著名球星）在中国举办"姚纳慈善赛"，以篮球比赛的方式举办慈善活动在中国还是首次。由于姚明巨大的影响力，这个活动得到了数十位文体明星以及多家企业和组织机构的大力支持，共募集到一千七百万元善款，全部用于资助西部贫困地区修建希望小学。

二〇〇八年，姚明慈善基金会成立。"姚基金"本着"以体育人"的宗旨，致力于助学兴教，促进青少年健康发展。"姚基金"通过支持青少年发展项目和搭建公益平台，让更多的人关注贫困地区的青少年，帮助他们在教育、体育运动、营养、心理等多个方面全面发展。

"姚基金慈善赛"是由"姚基金"发起的影响力非常大的体育公益赛事，由"姚基金"、中国青少年发展基金会、中国篮球协会三方联手，共同主办。活动主要包括慈善正赛、慈善晚宴、嘉年华、学校探访等环节。

目前,这个赛事已经发展成为社会各界和文体明星积极参与的慈善活动,国内外球星及文体明星合计数百位名人参与其中。这一赛事也成为姚明慈善基金会的著名品牌。

在二〇一四年的"姚基金慈善赛"新闻发布会上,姚明说:"每个人拥有的物质有多有少,但时间都是一样的,把这些时间投入到慈善的人们会感到物有所值。不管大家能力有多少,共为,则善大。"

二〇〇八年五月十二日,四川汶川发生地震,姚明个人先后捐款四百万元,并通过"姚基金"募集善款,帮助灾区进行校园重建,捐款总额超过一千六百万元人民币。

除了慈善捐款,姚明还积极参与各类公益活动——

二〇〇五年九月四日,姚明参加"大超—中华骨髓库校园爱心之旅"启动仪式,并现场抽取造血干细胞,呼吁人们积极加入骨髓捐献志愿者的行列,救助白血病患者。

自二〇〇五年起，姚明担任"中国防治艾滋病宣传大使"，多次探望艾滋病患者。

二〇〇七年，姚明出任在上海举办的世界特殊奥林匹克运动会的形象大使，并参加特奥会宣传片的揭幕仪式。

此外，姚明还长期致力于野生动物保护，并担任"野生救援"的公益大使，他在公益广告中提倡的"没有买卖就没有杀害"给广大观众留下了深刻印象。他还前往肯尼亚，拍摄《野性的终结》纪录片，把非法猎杀非洲大象和犀牛的真实场景呈现给观众，呼吁人们减少因买卖而起的无辜杀戮。

入选名人堂

NBA名人堂,全称为"奈史密斯篮球名人纪念堂",一九五九年建立,位于美国马萨诸塞州斯普林菲尔德市区,用于表彰和纪念对篮球事业做出卓越贡献的人。因为篮球是奈史密斯发明的,故而以他的名字命名。

NBA名人堂自一九六八年起对外开放,其实它就是一个篮球博物馆,馆中主要陈列物品包括篮球、图文、录像带、光碟等资料。名人堂内设有小型影院用来播放篮球影音资料,还有室内小型篮球场,可以使参观者体验到篮球赛场的热烈气氛。

提名入选名人堂的条件并不复杂——为篮球

事业做出过杰出贡献的人，无论性别、年龄、国籍、肤色、种族如何，都有提名进入名人堂的资格。

但是，入选名人堂的评审标准相当严格：首先，球员必须退役五年以后，教练必须执教二十五年以上；其次，要通过提名、初审（七名评委，至少五名同意）、复审（二十四名评委，至少十八名同意）等过程，才能最终入选。

入选名人堂是巨大的荣誉，历史上的一些著名球星，如乔丹、奥拉朱旺、尤因、拉塞尔都入选了名人堂。

二〇一六年，姚明入选名人堂。他是NBA历史上首位成为选秀状元的国际球员，共八次入选全明星赛阵容，两次入选赛季第二阵容，四次随队征战季后赛。

姚明入选名人堂具有非同寻常的意义，世界篮球权威人士和新闻媒体这样评价姚明——

"美国正试图了解关于中国的一切，与此同时无数中国人也在通过姚明了解美国。"NBA前总裁大卫·斯特恩如是说。

入选名人堂

"人们都会说姚明很优秀,不,他是非常优秀,他就是那个有着非凡统治力的巨人。同时代的球员里,他是最优秀的中锋……姚面对的压力实在太大,但他优雅机智地处理好了所有麻烦,整个过程堪称完美。无论你把他看成一名职业球员,还是一个为篮球做过贡献的从业者,甚至为他创建全新的准入标准,他都是当之无愧的名人堂球员。"前火箭队主教练杰夫·范甘迪说。

"我认为姚明绝对是名优秀球员,比赛时他的力量和技术都是惊人的。我曾有机会与姚明共事三年,知道他在成长为联盟统治级中锋的路上所付出的力气、鲜血、汗水和眼泪。我认为他理应入选名人堂。"传奇中锋尤因说。

在名人堂庄重的颁奖典礼上,姚明发表了热情洋溢的致辞——

中国有一句老话:以铜为鉴,可以正衣冠;以史为鉴,可以知兴替。下面我想与大家分享几个生命中的重要时刻。

首先是中国篮球传奇牟作云先生。八十年之

前，牟先生来到斯普林菲尔德研究篮球，之后回到了中国，为中国篮球事业奉献了自己的毕生心血。事实上，CBA冠军的名字就是以他命名的，CBA冠军是每一个CBA球员梦寐以求的荣誉。

我并不是第一个登陆NBA的中国人。这一荣誉属于王治郅。他是一个开拓者，为后来所有梦想登陆NBA的中国球员扫清了道路，做出卓越的贡献。我从他身上学到了很多。尽管他今天不能来到现场，但是我想谢谢他。

很多人知道我的NBA生涯是从2002年开始，那一年火箭队选中了我。但是很多人不知道在我来到美国之前以及我之后的职业生涯，火箭队做出非常非常多的努力。谢谢亚历山大先生、迈克·哥德堡先生、达瑞尔·莫雷先生等火箭队管理者，让我在休斯敦找到了家的感觉。

当我第一天来到休斯敦时，史蒂夫·弗朗西斯给了我一个大大的拥抱，从那天起弗朗西斯就是最棒的哥们。莫布里邀请我去他家，吃了soul food(美国南方黑人传统食物)，我当时没反应过来，以为是salty food(咸食物)。谢谢弗朗西斯，谢谢莫布里，谢谢我早期火箭队的队友，让我在休斯敦感到自己是如此受欢迎。

鲁迪·汤姆贾诺维奇教练曾说过"永远不要低估冠军之心"，他的场上场下都诠释了这句话，尤其在他与癌症抗争的时候。鲁迪，你给了我很多激励，让我成为最好的自己。

当杰夫·范甘迪以及他的教练组（包括尤因、锡伯杜）来到球队后，你们把火箭队打造成一支防守强队。同时球队还有麦迪、巴蒂尔以及阿尔斯通，我们组成了一支很有天赋的年轻队伍。之后迪坎贝（穆大叔）的加盟让球队不仅更有战斗力，同时也让大家更是亲如兄弟。

我一直记得范甘迪教练说过的一句话："最好的机会也可能成为最后的机会。"这句话无论用在篮球还是生活上都是真谛。

我的最后一位NBA教练是阿德尔曼。他培养很多天赋出众的球员，比如卡尔·兰德里、路易斯·斯科拉以及阿隆·布鲁克斯。08—09赛季我们运作得非常棒，但是很不幸，我的脚受伤了，使得球队没能走得更远，而我也结束了在火箭队的生涯。我会一直记得自己在火箭队的时光，因为那是我人生中最美好的阶段。

作为篮球运动员，我觉得自己是这个星球上最幸福的球员之一，因为我曾和最优秀的球员打过球。

一个伟大的运动员不仅有伟大的队友，更有伟大的对手。伟大的对手能带动你前进，比如说沙奎尔·奥尼尔。和你的比赛让我想起"杀不死我的让我更强大"。谢谢你对我的促进。

我把休斯敦当成自己的第二故乡，所以我有话想对休斯敦的人们说。不管在我生涯的高潮还是低潮期，你们都在支持我。你们给了我前进的动力。我会一直把你们当成我的家人。在我的人生里，我会记得自己是一个得克萨斯人，是一个休斯敦人。

假如没有大卫·斯特恩，没有NBA，以上的事情也不会发生。谢谢大卫·斯特恩、亚当·肖华以及NBA所有的人，感谢你们的友善与支持。

最后，我还要感谢姚之队。这么些年过去了，我们都老了，也长胖了。

女士们，先生们，我想对奈史密斯先生表达敬意，以及361位名人堂成员，感谢125年来对于篮球有所贡献的人。你们都是全明星。在你们的努力下，这项运动激励了全球数亿人，作为其中之一，我会继续承担推广篮球的责任，共同期待未来一颗颗绽放的新星。